DANS LE TRAIN

DU MÊME AUTEUR

VOLLEY-BALL, *roman*, 1989
L'AVENTURE, *roman*, 1993
LE PONT D'ARCUEIL, *roman*, 1994
PAUL AU TÉLÉPHONE, *roman*, 1996
LE PIQUE-NIQUE, *roman*, 1997
LOIN D'ODILE, *roman*, 1998
MON GRAND APPARTEMENT, *roman*, 1999
UNE FEMME DE MÉNAGE, *roman*, 2001

CHRISTIAN OSTER

DANS LE TRAIN

LES ÉDITIONS DE MINUIT

L'ÉDITION ORIGINALE DE CET OUVRAGE A ÉTÉ TIRÉE À QUARANTE-CINQ EXEMPLAIRES SUR VERGÉ DES PAPETERIES DE VIZILLE, NUMÉROTÉS DE 1 À 45 PLUS SEPT EXEMPLAIRES HORS COMMERCE NUMÉROTÉS DE H.-C. I À H.-C. VII

ISBN 2-7073-1791-8

Un jour, sur un quai, un homme de taille moyenne tenait à la main un sac très lourd. Cet homme, c'était moi, mais ce n'était pas mon sac. C'était celui d'une femme. Et ce sac était lourd parce qu'il contenait des livres.

C'est elle qui me l'avait dit. Ç'avait été notre premier contact. Elle peinait, sur le quai de la gare, haussant l'épaule du côté où elle portait.

Un peu de la même façon, elle portait des lunettes, avec une sorte de gêne. Comme si ses lunettes l'eussent empêchée de voir, ou qu'elle eût cherché, à travers, à saisir quelque chose d'abstrait, ou d'idéal, qui eût été en rapport avec le monde et qui n'eût pas été le monde. Quelque chose comme le monde, donc, mais en mieux. Elle devait être myope ou idéaliste, cette femme, ou peut-être les deux, je n'ai pas essayé de trancher.

C'est son sac qui m'a d'abord fait mal. Elle ne le posait pas. Alors qu'elle se tenait immobile, sur le quai, face à la voie. Elle ne voulait peut-être pas en salir le fond. Ça ne me semblait pas une raison suffisante pour souffrir.

Mon problème, tout de suite, a été de savoir si je devais lui suggérer de le lui porter, son sac, ou, plus rationnellement, plus économiquement, du point de vue de l'effort – aussi bien du mien que du sien –, de l'amener à consentir à ce qu'elle le posât. La seconde solution manquait à tout le moins de panache, voire de galanterie. La première, comparativement à la seconde, manquait de cette évidente nécessité sans laquelle aborder une femme, pour tout homme, trahit la préméditation.

Or rien n'était prémédité, dans mon attitude, j'avais tout de suite éprouvé le besoin de soulager cette femme.

Je m'étais approché d'elle. Elle avait dû me voir, je pense. Mais je n'avais pas croisé son regard. Je m'étais mis, tout en tournant autour de la question de savoir quelle proposition je devais lui faire, pour la soulager, à tourner autour d'elle, cette femme, effectuant de lents cercles concentriques qui m'en rapprochaient sans m'amener franchement à son contact. Comme elle se tenait à distance de la voie, j'avais assez d'espace pour ça. Et en même temps elle me voyait, maintenant, elle voyait bien que je lui tournais autour. J'ai eu vite peur d'une ambiguïté, dans son esprit, et je me suis permis de l'aborder. Je lui ai proposé de lui prendre son sac, arguant qu'il me semblait lourd. Elle m'a remercié, d'un air inquiet, et m'a dit que si elle le souhaitait elle pouvait le poser à ses pieds, tout simplement. Je n'ai pas eu le temps de lui demander pourquoi, dans ces conditions, puisqu'elle peinait, selon toute apparence, à le tenir à bout de bras, elle ne s'en était pas délivrée. Là, elle a pris les devants et a posé son sac sur le quai, à ses pieds, et pour la première fois j'ai compris que je lui faisais violence.

Parce qu'elle ne voulait pas le lâcher, son sac. Je l'ai bien vu, ça. Elle s'en débarrassait uniquement pour éviter mon aide. En prenant le risque de le salir, par ma faute. Je me suis senti coupable, alors que j'aurais souhaité lui rendre service, et j'ai voulu me racheter. J'ai dit non, ce n'est pas ce que je voulais dire, je ne voulais pas que vous le posiez, vous allez le salir, à moins que ça ne vous soit égal, bien sûr, mais j'avais l'impression que vous ne vouliez pas vous y résoudre par crainte de le salir, le fond, peut-être que j'exagère, remarquez, et que je me trompe, si vous pouviez me rassurer sur ce point, et juste me dire que ça vous est égal, je me sentirais mieux. Ou peut-être au contraire ai-je raison, et alors dites-le-moi aussi, ça ne me rassurera pas, mais je pourrai peut-être faire quelque chose, non ?

Elle m'a regardé, de derrière ses lunettes, non comme si j'eusse été l'idéal qu'elle cherchait, dans le monde, au contraire, elle semblait penser que quelque chose ne collait pas, dans sa vision, ou que ses lunettes ne m'étaient pas adaptées, ou que je faisais tache, sur ses verres, en tout cas elle m'a dit qu'est-ce que vous voulez, exactement ? Il vous intéresse tant que ça, mon sac ?

J'ai failli dire non, ce n'est pas le sac qui m'intéresse, c'est vous, enfin pas vous, ce qui me touche c'est l'effort un peu inutile quand même que vous fournissez pour le porter, parce que le sol n'est pas si sale, sur ce quai, et même s'il l'était, ce n'est pas ce genre de contact, je suppose que votre sac est muni de petits tampons en plastique aux quatre coins, et puis je n'ai rien dit, je me suis seulement excusé et j'ai attendu notre train, je supposais qu'on attendait le même. On est restés l'un près de l'autre, elle avec son sac à ses pieds, moi avec ma gêne, et de temps en temps je lui jetais des coups d'œil et j'ai vu qu'elle aussi jetait des coups d'œil, mais à son sac, elle, comme si elle avait eu peur qu'on le lui vole, et j'ai compris que c'était ça. Qu'elle le tenait précieusement, avant, son sac. Alors, je me suis enhardi, je lui ai dit vous devriez peut-être le reprendre, je vois bien que vous êtes inquiète, je m'en voudrais qu'on vous vole votre sac par ma faute. Mais, aussi bien, ai-je ajouté, il a l'air lourd, et, si vous me faisiez confiance, je pourrais vous le tenir, moi, au moins jusqu'à l'arrivée du train. Je ne vais pas partir avec, de toute façon. Ce serait déjà fait.

Elle a semblé tentée par ma proposition, quoique hésitante encore. Puis elle m'a regardé et elle a dû penser que dans le pire des cas je m'intéressais à elle, pas à son sac, et elle m'a tendu son sac. A sa place, je n'aurais pas osé, mais je n'étais pas à sa place. J'ai pris le sac en me disant qu'elle était plutôt à l'aise, cette femme, avec les hommes, à moins qu'elle n'eût cherché à avoir la paix, mais je n'étais pas certain que ce fût la meilleure méthode, avec un homme. Avec moi, je ne sais pas. Je ne savais pas encore si je lui ficherais la paix. Ma seule certitude, c'est que je ne voulais pas m'imposer.

J'ai trouvé son sac lourd. C'est à ce moment, un peu pour causer, un peu pour souligner l'importance du service que je lui rendais, en définitive, que je lui ai demandé sans avoir l'air d'y toucher, en formant toutefois le plus discrètement possible une grimace assez parlante pour qu'elle la vît poindre durant le quart de seconde que je lui allouais, comme temps de vie, sur mes lèvres, ce qu'il contenait, son sac, et qu'elle m'a répondu des livres. Ma grimace avait disparu, bien sûr, mais ç'a m'a un peu refroidi, car je lis peu. Très lentement. Je n'emporte en général qu'un livre dans mes bagages. Je n'avais d'ailleurs pas de bagages. J'étais arrivé dans cette gare parce que j'en avais eu assez d'errer dans la ville, seul, et que, comme je ne voulais pas rentrer chez moi, j'avais fait le choix de me poser un moment dans un lieu d'où les gens partaient. Je ne parle pas de ceux qui arrivaient, ça ne m'intéressait pas. Et quand je dis les gens je ne parle pas des hommes. Ça ne m'excitait pas beaucoup de voir des hommes partir, encore moins arriver, bien sûr. Mais regarder s'en aller une femme, oui, de temps à autre, vers tel ou tel quai, ça me convenait, je pouvais m'imaginer des choses. Et même sans imaginer, rien que de les voir partir, les femmes, avec leur mince ou lourd bagage, qu'importe, ça me touchait, je les sentais habitées, c'était mieux que de les croiser dans la ville, où elles risquaient bêtement de rentrer chez elles ou au bureau, ou d'aller faire une course ou de rejoindre une amie. Un amant, à la rigueur. Ou un mari. Ou personne. Ça laissait pas mal de possibilités, aussi, la ville, mais la gare me semblait plus riche. Les femmes en partaient chargées, avec quelques vêtements et même quelques sous-vêtements dans leurs bagages, c'était tout autre chose, et puis elles y allaient, elles y allaient vraiment. On ne pouvait pas plaisanter, avec ces femmes-là, on ne pouvait pas leur en conter, elles n'avaient pas que ça à faire. Je pense évidemment à celles qui empruntaient les grandes lignes, qui partaient pour de bon. Je ne m'étais pas posté du côté des départs banlieue, bien sûr. Et même, par prudence, j'avais pris un billet, on ne sait jamais. J'avais hésité sur la destination, et puis, par paresse, je l'avoue, je m'étais adressé au guichet où la queue pour les départs immédiats était la moins longue. J'avais demandé un aller pour le terminus. A savoir Rouen, où je n'avais évidemment rien à faire, non plus qu'ailleurs. Mais personne ne m'attendait non plus à Paris, ce samedi, et j'avais un peu de temps.

Mon train partait dans la demi-heure, et ça ne me laissait pas beaucoup de chances. J'entends de partir avec quelqu'une. Au mieux, j'imaginais quand même un voyage de noces. Je la rencontrais, je lui plaisais, on faisait plus ou moins le voyage ensemble, en fonction des places disponibles. C'était plus que le début d'une histoire, c'était une histoire. Au pis, soit je partais seul, soit je rentrais seul après avoir demandé le remboursement de mon billet.

Le temps passant, j'agitais un peu cette question de partir ou non, tandis que je guettais l'arrivée des partantes. Elles étaient en vérité peu nombreuses, pour ce train, mais enfin il pouvait en arriver encore, et puis les choses pouvaient aussi se décider en chemin. Je crois bien qu'en définitive j'avais pris la décision de partir.

La femme au sac lourd, elle, était entrée dans mon champ de vision vers treize heures quarante-cinq, un quart d'heure avant le départ. Ce qui me laissait peu de temps pour la décider à voyager avec moi, au cas où c'est ce que j'aurais souhaité. Et je ne savais pas si je le souhaitais, mais le fait est qu'elle peinait, avec son sac, et que j'avais décidé de m'intéresser un peu à elle, faute de l'aimer follement tout de suite ou d'écraser ma bouche contre la sienne dès la fermeture des portes. Car elle avait l'avantage, par rapport aux autres, en plus de partir, donc, de peiner. Ça commençait à faire beaucoup, je trouvais, pour une seule femme, de partir et de peiner, ça lui donnait vraiment du relief, sans même parler de cette façon qu'elle avait de regarder le monde. Elle n'avait même plus besoin d'être jolie, à ce stade. Elle me touchait, déjà. En outre, elle était jolie, enfin assez jolie, pour moi, j'entends, je ne prétends pas que n'importe quel autre homme s'y serait intéressé, je n'ai pas ce genre d'ambition. Mais pour moi, oui, elle pouvait à la rigueur convenir, cette fille.

Le train est arrivé. Je suis monté avec elle dans le même wagon, portant toujours son sac, il était clair pour elle que je l'accompagnais jusqu'à sa place. Elle avait sorti son billet et, ayant repéré le numéro, elle s'était arrêtée devant le siège correspondant. Les deux places étaient libres. Je lui ai demandé si elle voulait que je lui pose son sac en hauteur, sur la rampe destinée aux bagages, et à ma surprise elle a dit oui. Je pensais qu'elle voulait lire dans le train, moi, et qu'elle avait besoin de son sac pour prendre un livre.

Elle s'est donc assise, sans livre, vers le couloir, sans m'inviter à m'asseoir auprès d'elle. Alors je lui ai demandé si ça ne la dérangeait pas que je m'installe à ses côtés, et elle m'a dit non. Elle s'est même poussée vers la fenêtre. Mais, a-t-elle ajouté, vous savez, je n'ai pas beaucoup de conversation.

Je lui ai dit ce n'est pas grave, moi non plus je ne parle pas beaucoup, mais comme ça on fera un bout de chemin ensemble, je n'aime pas trop voyager seul. Vous allez où, au fait ?

A Gournon, a-t-elle dit.

On y serait dans une heure. Avec mon billet pour Rouen, j'avais l'air fin, mais ça ne me gênait pas. J'ai dit tiens, moi aussi. Vous partez en vacances ?

Je vais passer une semaine chez ma sœur. Et vous ?

Je trouvais qu'elle en avait, moi, de la conversation. Quant à répondre à sa question, comme je n'avais pas de bagages, je pouvais difficilement lui faire accroire que moi aussi j'allais passer une semaine à Gournon chez ma sœur ou qui que soit d'autre. J'ai dit je fais juste un saut et je repars, j'ai pris un aller-retour. Mais nous descendrons ensemble, je pourrai continuer à vous porter votre sac.

Elle a dit non, elle m'attend, elle vient me chercher au train, pour le sac, je n'y tiens pas, je préfère qu'elle ne me voie pas avec un homme, ce n'est pas prévu, je veux dire que je ne l'ai pas prévu, je veux dire non seulement que je ne l'ai pas prévu mais que je ne le prévois pas, enfin bref, vous me laisserez sur le quai avec mon sac, si vous voulez bien.

Pas de problème, ai-je dit.

J'ai fait un geste avec les mains, comme dans les films noirs, quand l'acteur est menacé par un pistolet et qu'il les lève, les mains, à mi-hauteur, avant même qu'on ne le lui demande, parce qu'il sent qu'il vaut mieux prendre les devants. La différence c'est qu'en procédant de cette façon je n'échappais pas à la même menace que dans les films noirs, c'était juste sa mauvaise humeur, ou son mépris, ou son agacement, à quoi je m'exposais si je n'avais pas obtempéré. En obtempérant, au contraire, je conservais potentiellement son estime, même si je la perdais elle, cette femme. Parce que j'avais un peu l'impression que je la perdais, déjà. C'est que je l'avais trouvée, et, bien qu'elle ne fût qu'une parmi d'autres, l'ayant trouvée, forcément, je la perdais un peu, dans ces conditions.

Et c'est là, du cœur de cette sensation de la perdre, que les choses ont commencé à bouger, en moi. Une tristesse s'est insinuée, doucement, avec laquelle j'ai eu à m'occuper presque autant qu'avec cette femme qui lui donnait naissance, et à qui je n'ai plus été capable de dire un mot.

Au reste, la seule chose que j'aurais souhaité lui dire, maintenant, c'est que j'aurais préféré qu'elle ne me quitte pas à la gare de Gournon, à savoir qu'elle ne me quitte pas du tout. Et je ne pouvais pas lui dire ça, je ne la connaissais pas assez, elle n'aurait probablement pas compris comment la perspective de la perdre avait pu déjà faire son chemin en moi, et ce, presque à son insu, sans compter que pour moi aussi il s'agissait d'une affaire récente, et que j'eusse été en peine de m'expliquer clairement. D'autant que, si elle m'attirait, c'était peut-être pour des raisons annexes à sa personne, je pense aux lunettes, et aussi à cette peine qu'elle se donnait pour son sac, qui pouvait bien se révéler transitoire. Je savais bien qu'elle n'allait pas le porter toute sa vie, son sac, mais, ce que je veux dire, c'est que peiner, d'une façon générale, n'était pas forcément son attitude, face à la vie. Ça devait être plus subtil que ça, si on prenait en compte, notamment, sa vision particulière des choses, derrière ses lunettes ou même sans.

Or c'était son effort, moi, c'était sa gêne, aussi, par rapport au monde qui m'attirait. Et peut-être, me pris-je à espérer, que sa gêne, elle, au moins, n'est pas transitoire. Qu'elle est mal dans sa peau, pour dire les choses vite. Parce qu'elle cherche quelque chose qu'elle ne trouve pas, par exemple. Quoi donc ? me disais-je. A part l'amour, je ne voyais pas. Et, si ce n'était pas ça, c'est qu'elle l'avait déjà, l'amour. Et, dans ces conditions, elle pouvait bien chercher ce qu'elle voulait, ça ne m'intéressait pas beaucoup, évidemment.

C'était quand même bien de voyager avec elle en silence.

Cependant, je me demandais pourquoi elle ne lisait pas, et je n'y trouvais pas d'autre raison que ma présence, qui, puisqu'elle n'avait pas l'air de la gêner, lui occupait sans doute l'esprit. Elle devait s'y intéresser, à ma présence. Discrètement, soit. A moins, bien sûr, qu'elle n'eût eu d'autres soucis, peut-être en relation avec sa sœur. J'y pensais d'ailleurs un peu, à sa sœur, et je me disais que c'était dommage qu'une femme me quitte pour une autre quand, au contraire, elle eût pu m'y conduire. Je n'entends pas par là que je recherchais deux femmes, mais, en tout état de cause, elle avait peut-être une sœur intéressante. Au stade où j'en étais, je ne vois pas pourquoi j'aurais sous-estimé sa sœur. Elle avait des chances de lui ressembler, et peut-être bien d'être mieux qu'elle. Sauf que je n'imaginais pas ce mieux avec précision, à moins que sa sœur n'eût été plus mal qu'elle, dans sa peau. Ç'aurait été une sorte de mieux, ça, mais de mieux problématique, toutefois. Parce que, plus mal qu'elle, dans sa peau, ça risquait d'être pis, en fait. Difficilement vivable, pour les autres. Ma voisine, me disais-je, est peut-être, elle, idéalement mal. Juste ce que qu'il faut, pour moi. Avec un manque qu'un homme comme moi, assez mal aussi, soit susceptible de combler. Au-delà, ce n'est peut-être plus un homme, qu'il lui faudrait. C'est un médecin.

Or je suis désolé, mais je ne le suis pas, moi, médecin. Je n'avais pas de temps à perdre avec une névrosée. Si sa sœur est plus mal, qu'elle, merci, songeai-je. Même pour elle, me suis-dit. Ça risque de ne pas être drôle, de passer une semaine avec sa sœur. Mais enfin elle est majeure, elle sait ce qu'elle fait. Même si sa sœur n'est pas névrosée, qu'elle se porte mieux qu'elle, et qu'elle soit suffisamment à l'aise dans sa peau pour finir par être ennuyeuse, à la longue, avec son bien-être, ça la regarde. Elle peut bien s'ennuyer une semaine avec sa sœur, ça ne me concerne pas.

N'empêche que le temps passait, avec tout ça, et qu'on arrivait. Et qu'elle allait me quitter. Et qu'on ne s'était rien dit. Je lui aurais bien dit au revoir, moi. Même sans lui laisser mon numéro de téléphone. Juste au revoir. Et alors elle serait descendue, et je serais descendu aussi, pour la vraisemblance, bien sûr, puisque je lui avais raconté que je me rendais à Gournon. Je lui aurais dit au revoir avant que sa sœur ne l'accueille, à la sortie. Et puis elle serait partie, et j'aurais repris un train pour Rouen avec ce lien. Ce petit au revoir minable, sans numéro de téléphone. Trois fois rien. Je me suis senti mal, d'un seul coup.

Je lui ai descendu son sac. Jusque sur le quai. Là, j'ai dit eh bien ça m'a fait plaisir de voyager avec vous, c'était un peu court, mais c'était bien. On pourrait peut-être se revoir. Ça m'avait échappé. Elle a dû le sentir, que ça m'échappait, parce qu'elle n'a pas eu l'air choquée. Elle m'a juste répondu non, je crois que ce n'est pas la peine, on ne s'est presque pas parlé en une heure, alors vous imaginez ce que ce serait en trois.

Je me suis demandé pourquoi elle avait dit trois. Trois heures, ai-je songé, c'est le temps d'un dîner, ça. Et même long, comme dîner. C'est bien au-delà du pousse-café, ce qu'elle imagine. Ce qui fait que je l'ai regardée d'un autre œil. Et puis, bien que nous n'eussions pas le temps de discuter, maintenant, sur ce quai, avec sa sœur qui l'attendait à la sortie, ou peut-être même au bout du quai, je lui ai demandé pourquoi trois ? Elle avait l'air pressée, elle m'a répondu je ne sais pas, je n'ai pas réfléchi, j'ai dit trois comme ça, parce que si on s'était revus, pour arriver à parler, vous et moi, il aurait bien fallu deux heures de plus, non ? Ou alors, ce ne serait pas la peine.

Parce que, ai-je suggéré en l'accompagnant sur les premiers mètres du quai, tant qu'on y était, tout en craignant que sa sœur ne vînt à notre rencontre, et en jetant de petits coups d'œil vers le bout du quai, comme si c'était moi qu'on avait attendu, presque, parce que vous pensez qu'à la rigueur ça vaudrait la peine ?

Je ne sais pas, a-t-elle dit en regardant elle aussi vers le bout du quai, et j'ai été content qu'on partage cette anxiété, tous les deux, par rapport à sa sœur, je ne sais pas, j'ai un peu de mal avec les hommes, en ce moment, mais vous poussez si peu votre avantage, avec les femmes, qu'à la limite je me demande si vous n'êtes pas fréquentable, au fond. Je dis ça comme ça, d'un point de vue amical, bien sûr, vous ne me séduisez absolument pas mais vous méritez peut-être un peu d'estime, enfin je ne trouve pas les mots, excusez-moi, j'ai du mal avec les mots, moi, vous n'avez qu'à me donner votre numéro de téléphone, je ne vous promets pas que je vous appellerai, et puis de toute façon si j'ai bien compris vous n'êtes pas chez vous en ce moment, puisque vous êtes ici, finalement ce n'est peut-être pas la peine.

Mais si, ai-je protesté, bien sûr, je suis là en ce moment mais je vous ai dit que je faisais l'aller-retour, vous m'appelez demain, si vous voulez, je serai rentré, et on essaie de se parler un peu au téléphone.

Ça ne va pas être facile, a-t-elle observé. Déjà, de vive voix.

On arrivait au bout du quai. J'avais sorti mon carnet d'adresses, dont j'arrachais une page, mais je ne trouvais pas de stylo. Par chance, selon toute apparence, sa sœur ne se profilait pas au bout du quai. Je lui ai demandé si elle n'avait pas de stylo et elle m'a répondu non, désolée, et j'ai dit c'est trop bête, attendez, je vais demander à quelqu'un, et j'ai commencé à guetter les voyageurs sur le quai avec leur petite ou grosse valise à roulettes, eux, qui n'avaient pas l'air de peiner mais qui semblaient pressés, tous, alors qu'ils venaient d'arriver, ils n'avaient plus de train à prendre, non ? C'est un monde, ai-je remarqué, regardez-les, cette indisponibilité, c'est incroyable, je vais en arrêter un quand même. Non, m'a conseillé ma compagne, ma compagne, façon de parler, ne faites pas ça, ils marchent trop vite, et on arrive à la sortie. Vous n'avez qu'à me le dire, votre numéro de téléphone, j'essaierai de le retenir.

Là, j'ai eu peur. En même temps, j'étais touché. Enfin, j'étais prêt à être touché. Au cas où elle l'aurait gardé en mémoire, mon numéro de téléphone. Parce que là.

Alors, un peu débordé par sa proposition, mais l'acceptant, ça, oui, je l'acceptais, sa proposition, et comment, je lui ai donné mon numéro de téléphone, ou plutôt, et là j'ai éprouvé une autre peur, panique, cette fois, ça m'était arrivé un jour, du reste, avec un plombier, je crois, qui me demandait mes coordonnées en même temps que des détails sur ma fuite, j'ai eu un trou. Le trou. Le numéro, le vôtre, donc, qui ne vous revient pas, mais dramatiquement, avec une absence totale de chiffres, excepté le zéro un pour Paris. Le vide, donc. A part ce dérisoire zéro un, que je n'osais même pas prononcer par crainte du ridicule.

Rien à faire, ça ne me revenait pas. A ce moment, elle s'est montrée compatissante, on arrivait dans le hall, avec des gens qui en attendaient d'autres, et parmi lesquels quelques femmes menaçaient bien d'être sa sœur, et alors elle s'est arrêtée en se mettant un peu en retrait pour que sa sœur ne la voie pas. Essayez de vous souvenir, a-t-elle dit.

Mais, face à cette injonction, le trou dont

j'étais la proie est devenu un trou noir, ce n'était plus seulement mon numéro de téléphone que je ne retrouvais pas, c'était l'ensemble de mes moyens, je me suis même efforcé de me souvenir de mon nom pour voir si ça marchait encore, de ce côté, et je l'ai retrouvé, mais c'est tout ce que j'ai pu faire. Comme je n'avais rien d'autre à lui proposer, j'ai pensé tiens, après tout, si je le lui donnais, mon nom, ce serait déjà quelque chose, et je le lui ai donné. Moi c'est Anne, a-t-elle répondu, mais il faut que je vous laisse, ma sœur va m'attendre.

J'ai dit bon eh bien au revoir, manière de trancher dans le vif, puisque de toute façon elle allait partir, et j'étais content que ce soit moi qui le lui dise d'abord. Du coup, elle m'a rendu mon au revoir, et comme ça je venais d'obtenir une réponse, une sorte de contrat, même, parce que répondre au revoir ce n'est pas comme le dire en premier, pas du tout, c'est un renchérissement, en fait, c'est comme si, dans la bouche de celui qui répond, l'au revoir prenait davantage de sens, signifiait davantage l'envie de se revoir qui gît dans tout au revoir, parce que c'est un mot qu'on répète, en somme. Et, comme on le répète, c'est comme si on le contresignait, d'où l'idée du contrat. Et j'ai trouvé ça touchant et même encourageant, cet échange.

N'empêche qu'elle est partie. J'avais toutefois eu le temps de capter son demi-sourire, et c'est pareil, les demi-sourires, on croit que les demi-sourires ne sont que la moitié du sourire complet qu'on serait en droit d'attendre, mais non, pas du tout, s'ils sont la moitié de quelque chose, les demi-sourires, c'est bien du sourire qu'on échange, en fait, avec l'autre, car je n'étais pas fou, moi aussi je lui avais adressé un demi-sourire, de façon qu'il complète le sien, et que nos deux demi-sourires forment un tout, une paire qui tend à s'assembler, un peu comme, dans le baiser, les lèvres aussi s'assemblent. De sorte qu'on se quittait bien, en somme, même si on se quittait, parce que c'était réciproque.

Elle s'est dirigée vers le hall, et là, c'est moi qui me suis mis en retrait pour me cacher de sa sœur, le cas échéant, bien qu'étant séparé d'Anne je ne risquasse pas que sa sœur pût me surprendre, puisque dans cette situation, pour sa sœur, je n'étais forcément rien. De ma place, cependant, je la guettais, sa sœur, et même d'une autre place, maintenant, n'ayant plus à me cacher. Je m'étais franchement posté face au hall, à distance, et

Anne me tournait le dos. Elle s'était arrêtée, tenant toujours son sac, attendant sa sœur, supposai-je, qui avait un peu de retard.

J'attendis cinq minutes, puis dix, et encore dix autres, et pendant tout ce temps j'ai eu à me cacher de nouveau, parce que Anne, qui attendait aussi, se retournait. Pour s'assurer que je ne la suivais pas, en absence de sa sœur, supposai-je. Non pour s'assurer que je la suivais, en absence de sa sœur, imaginai-je. Je songeai d'ailleurs qu'en toute logique j'eusse dû la dépasser dans le hall, puisque j'étais censé me rendre à Gournon, et que c'était peut-être pour cette raison qu'elle ne se retournait pas, et elle s'étonnait justement de ne pas me voir. Elle devait se demander où j'étais passé.

Néanmoins, je continuais de me cacher, parce qu'il me semblait que c'était trop tard, maintenant, pour la dépasser et gagner le centre de Gournon, elle aurait pensé que pendant tout ce temps où je ne l'avais pas dépassée je l'avais observée. Ne sachant trop que faire, je choisis de rester caché, de toute façon j'aurais eu honte de la recroiser dans l'immédiat. Je me sentais perdre des points, là.

Quant à sa sœur, elle ne paraissait toujours pas,

et Anne a fini par sortir de la gare. Sans avoir vu ni sa sœur ni moi, donc. J'ai pensé à son état d'esprit, à ce moment, mais pas trop, parce que j'avais une conduite à suivre. Je me suis avancé jusqu'au milieu du hall et là je l'ai suivie elle, du regard, par les portes vitrées. Elle ne se retournait pas, et je l'ai vue se diriger droit devant elle, vers l'hôtel des Voyageurs.

Il n'était pas loin, l'hôtel des Voyageurs, il suffisait de traverser le parking de la gare puis la rue parallèle au parking, on y était. Elle y est entrée. Ce n'était sans doute pas pour rejoindre sa sœur, puisque sa sœur devait l'attendre à la gare, et qu'elle ne devait pas m'y voir, sa sœur, à la gare. J'ai donc commencé à me poser des questions.

Je me suis demandé si sa sœur devait vraiment venir la chercher, à la gare, et si Anne ne m'avait pas menti, tout simplement, pour se dérober à ma présence. Ou si, sa sœur n'étant pas venue la chercher, Anne, vexée, décidée à ne pas se rendre chez elle, sa sœur, se réfugiait dans un hôtel. Il y avait encore une infinité de solutions, que je ne développai pas, quoique j'en retinsse une, assez désolante, qui était qu'Anne n'avait jamais eu de sœur. En même temps, si c'était vrai, je ne trouvais pas ça plus mal, ça simplifiait.

Et puis Anne, désormais, avait une adresse, qui

était l'hôtel des Voyageurs, à Gournon, et, bien qu'elle n'eût pas mon numéro de téléphone, je connaissais son adresse, maintenant, ce qui était presque mieux. Je pouvais même me procurer le téléphone de l'hôtel. Mais je ne voulais pas l'appeler, je préférais que ce fût elle. Et j'avais la possibilité, au cas où je m'en souviendrais, et d'ailleurs je m'en souvenais, maintenant qu'on s'était quittés, de mon numéro de téléphone, de le déposer à la réception de l'hôtel, pour qu'elle puisse m'appeler. Evidemment, ça impliquait que je l'eusse suivie, ce qui était gênant. Ça impliquait en outre que je rentre chez moi et que j'attende son coup de fil, ce qui me semblait compliqué étant donné ma situation qui, elle, était simple. J'étais là, sur place, et je savais où logeait Anne.

Autant dire que j'étais au pied du mur. J'ai pensé à faire comme Anne, à traverser le parking et la rue parallèle au parking jusqu'à l'hôtel des Voyageurs, et à y prendre une chambre, comme elle. Je supposais qu'elle avait pris une chambre. J'ai pensé aussi que j'aurais pu prendre une chambre dans un autre hôtel, mais ça me semblait risqué. Je pouvais perdre sa trace. Il était hasardeux aussi de prendre une chambre à l'hôtel des Voyageurs, où je risquais de la croiser. En même temps, l'idée, c'était aussi de la revoir. Mais c'était aussi qu'elle m'appelle, que ce fût elle qui vînt à moi. Et en même temps.

En même temps, rentrer chez moi, je ne m'en sentais pas le courage. Et puis, réfléchissais-je, au fond, Anne devait penser que je n'avais aucune raison d'imaginer qu'elle pût prendre une chambre à l'hôtel des Voyageurs ou même ailleurs, puisque, dans mon esprit ou même dans les faits, sa sœur devait venir la chercher. En un sens, du reste, dans cet hôtel, c'était elle, l'intruse. Elle n'avait rien à y faire, selon moi, d'après elle, dans cet hôtel. Moi, en revanche, bien que je fusse censé effectuer l'aller-retour, rien ne m'empêchait de dormir à l'hôtel des Voyageurs. Au cas où mon aller-retour se fût étendu aux dimensions du week-end, ce que les propos que j'avais tenus à Anne, sinon mon absence de bagage, n'excluaient pas, absolument pas, je pouvais bien prendre une chambre, surtout à l'hôtel des Voyageurs, si près de la gare, si pratique, donc, pour un aller-retour. Et c'est moi qui, y croisant Anne, serait en position de m'étonner. Tiens, pourrais-je alors lui dire, qu'est-ce que vous faites là ? Je croyais que vous étiez chez votre sœur.

Ma décision était donc prise. Je me dirigeai vers

l'hôtel, un deux-étoiles, notai-je, m'acheminai vers la réception et demandai à la femme qui s'y tenait s'il lui restait une chambre de libre. Elle m'a dit oui, pour combien de nuits ? J'ai répondu une nuit, pour commencer, on verra ensuite. Elle n'a fait aucune difficulté, elle était d'ailleurs charmante, cette hôtesse, avec ses cheveux frisés et son sourire gourmand, ses seins lourds et sa gaieté qui ne m'a pas paru de commande, non, elle était naturellement avenante, ce qui ne l'a pas empêchée de me demander où j'avais laissé mes bagages, puis, sur l'aveu que je lui faisais sans trop de gêne, d'ailleurs, que je n'en avais pas, de m'adresser une façon de sourire complice, mais non accompagné du regard et qu'elle laissa à ma libre disposition sur ses lèvres, où je pus le cueillir à ma guise, sans que j'eusse à chercher une contenance.

Bref, elle devait penser que je retenais une chambre pour l'après-midi, afin d'y recevoir à l'heure de la sieste une dame qui m'empêcherait de dormir, alors qu'en vérité je ne comptais recevoir personne, aucune femme, pas même Anne, je dirais même surtout pas elle, enfin pas tout de suite, dans mon esprit les choses risquaient de ne pas aller très vite de ce côté, quand je voyais à quel rythme on arrivait elle et moi à s'arracher les mots, quoique les corps, bien sûr, ce soit différent, ça communique autrement, parfois même ça compense, enfin je n'en étais pas là, et je me suis dit que l'hôtesse allait un peu la guetter, cette femme que j'étais censé attendre, et qu'elle serait peut-être déçue de ne pas la voir, et ça m'ennuyait de déchoir à ses yeux, mais pas trop non plus, je ne tiens pas à prouver tout et n'importe quoi aux yeux de toutes les femmes, même avenantes, je suis capable de ménager des pauses, dans ma quête assez éparpillée tout de même de l'amour, c'est vrai que le regard des femmes compte pour moi, mais n'exagérons rien, je pouvais me passer de l'intérêt de celle-là pour l'instant, j'avais d'autres projets.

J'ai payé la chambre, j'ai pris la clé, je suis monté dans la chambre et là je l'ai regardée, la chambre, elle était pas mal, assez grande, avec une télévision et un minibar, et je me suis dit que ça ne me déplaisait pas, d'être à l'hôtel, même seul, seul mais avec cette pensée qu'une femme avec qui je pouvais envisager quelque chose s'y trouvait aussi, qu'elle était là quelque part dans une chambre, peut-être à mon étage, d'ailleurs, le troisième, et je me suis aperçu que je commençais à me demander quel était le numéro de sa chambre, parce que je ne m'en étais pas soucié, jusque-là, il n'y avait eu que mon numéro de téléphone, pour m'occuper l'esprit.

Et j'ai continué à y réfléchir, au numéro de sa chambre. Sérieusement. A savoir, pas sérieusement. Parce que, bien sûr, tout comme les conjectures sur sa sœur, ça ouvrait des voies infinies. Et que ça ne me servait à rien d'imaginer des chiffres, comme ça, dans le désordre, en fonction des liens aléatoires que je tissais rêveusement avec la réalité, du genre comme j'ai pris la trente et un elle dort peut-être dans la treize, ou plus simplement dans la trente-deux ou même la trente, parce que c'est plus rond, elle a le visage un peu rond, cette fille, non ? me disais-je. Et si ça ne me faisait pas avancer, dans mes hypothèses chiffrées, en revanche ça m'interrogeait sur ma mémoire des visages et en particulier du sien, dont je me souvenais mal. Depuis deux heures qu'elle m'avait quitté, en effet, je ne la voyais plus, cette femme, et c'était peut-être une des raisons pour laquelle, d'ailleurs, je pensais maintenant de plus en plus à la revoir, pour la revoir, précisément, pour mettre une forme autour de ce regard dont je me souvenais, à l'inverse, ou plutôt non, même son regard je ne le reconstituais pas, c'était plutôt le mien que je me rappelais, au moment qu'on s'était quittés, ou plutôt me restait en tête ce qu'il traduisait, mon regard, supposais-je, de l'impression que m'avait laissée le sien, quand le mien l'avait croisé, bref, je la recherchais visuellement, cette femme, elle me manquait visuellement, pour commencer, ce n'était pas seulement une histoire de contact, de contact téléphonique, encore que ça continuât à me plaire, cette perspective d'appel, parce qu'il s'agissait d'un rendez-vous, et qu'un rendez-vous c'est quand même sérieux. Et je ne pouvais pas m'empêcher d'y penser, à ce rendez-vous, et à mon numéro de téléphone, qu'elle n'avait toujours pas, et qu'elle n'aurait pas davantage si je restais dans cette chambre où, toutefois, je songeais à m'installer, en attendant mieux.

Mais, je m'en avisai bientôt, il n'est guère aisé de s'installer dans une chambre quand on n'a pas de bagages.

Et, quant à regarder la télé dont était équipée cette chambre-là, je n'en concevais pas l'urgence. Ce que je constatais, en somme, c'est que, à part y attendre je ne sais quoi, et sans doute rien d'autre que ma décision d'en sortir, je n'avais pas grand-chose à y faire, dans cette chambre. Et que, tant que je ne l'aurais pas prise, cette décision, j'y resterais privé de pouvoir, dans cette chambre, absolument démuni. Enfermé, en définitive. Si près du but. C'était trop bête.

La solution était évidemment derrière la porte. Il me suffisait de la franchir dans l'autre sens. J'ai pensé à toutes les portes que j'avais franchies, dans ma vie, à toutes les étapes, et je me suis dit qu'il n'y avait pas toujours eu quelque chose de solide, derrière. Mais quelque chose, oui. Ce qui fait que j'ai fini par sortir.

Je me suis retrouvé dans le couloir. C'était un peu le test, là. Parce que je ne savais pas où j'allais. Pas cogner aux portes, c'est sûr. Ni retourner auprès de l'hôtesse pour lui demander le numéro d'une chambre que je n'étais pas censé rechercher. Et, quant à croiser Anne, ça me semblait tôt. Je me sentais timide.

J'ai pensé au salon. Je l'avais vu, après l'accueil, en me dirigeant vers l'escalier. Miroirs ouvragés, fauteuils crapauds, plantes vertes. Je pouvais y demeurer sans avoir l'air de guetter Anne, et même sans la guetter du tout, à la rigueur, en m'y laissant cette chance qu'elle m'y trouvât. Et je pouvais m'y rendre sans passer devant l'accueil.

Je l'ai fait. Quelqu'un s'y tenait déjà, une

femme, assise, qui feuilletait un magazine. Elle semblait en vérité attendre, attendre quelqu'un, j'entends, quelqu'un d'autre qu'elle-même. En tout cas, elle ne m'a pas regardé quand je suis entré, et j'ai trouvé ça désagréable. Même si elle ne m'attendait pas moi, ce qui était le cas, bien sûr. D'une femme, j'escompte toujours mieux que de l'indifférence. D'un homme aussi, du reste. Mais d'une femme, je ne sais pas, j'escompte un minimum. Un signe. Je ne demande pas grand-chose.

Je me suis assis à mon tour, puis je me suis levé pour aller prendre un magazine sur la table basse. Là, elle n'a toujours pas réagi, et je l'ai trouvée nettement antipathique. C'est après être allé m'asseoir que, l'observant à la dérobée, d'une part je me suis souvenu du visage d'Anne et, d'autre part, je me suis avisé que cette femme n'était pas, loin s'en fallait, si différente d'Anne qu'elle n'eût pas pu être sa sœur. Sa sœur venue la rejoindre. Parce que, sans lui ressembler, comment dire, elle ne donnait pas à voir, par rapport à Anne, de dissemblance franche. La corpulence était voisine, et il y avait quelque chose aussi dans le nez. Les yeux, je ne savais pas, à cause des lunettes, des lunettes d'Anne. Cette femme-là n'en portait pas.

J'ai même pensé, à tort, que son indifférence à mon égard aurait pu être un reproche, un reproche de la sœur d'Anne, donc, concernant mon attitude dans cet hôtel par rapport à Anne, que je serais venue surprendre. J'ai pensé ça à tort, puisque, même s'il s'agissait de sa sœur, elle ne risquait pas de me connaître, mais je l'ai pensé. Et alors elle s'est imposée, cette pensée-là, et j'ai voulu en avoir le cœur net. Peut-être aussi parce que mon malaise s'installait, face à cette femme, et que je voulais en sortir. Et je me suis rappelé que la sœur d'Anne, dans mon idée, avait toutes les chances d'être soit plus malheureuse qu'elle, soit plus heureuse, à savoir plutôt très heureuse ou très malheureuse, en fait, et je me suis dit que ça pouvait être un indice, ça, voire une confirmation. Il fallait que je sache.

D'autant qu'une autre raison fondait ma démarche. Si cette femme était sa sœur, ça n'était pas plus mal, que je parvienne à prendre langue avec elle. C'était une façon d'entrer en contact avec Anne. Même si c'était maladroit. Ce serait peut-être maladroit, mais précisément, de ce fait même, ce serait irréversible. Ma relation avec Anne serait enclenchée. Après, on verrait bien, la relation serait là, elle serait ce qu'elle serait, avec toute la gêne que ça impliquerait, mais elle serait. Je n'avais donc plus guère de raisons d'hésiter, d'autant qu'aussi bien ça pouvait ne pas être sa sœur.

Je me suis levé. Je suis allé vers elle. Exactement comme si elle s'était trouvée mal. Or elle ne se trouvait pas mal. Elle avait peut-être l'air refermée sur soi, sans plus. Je me suis raclé la gorge. Elle a levé le nez. Je lui ai dit ça ne va pas ? Vous allez bien ? Vous êtes sûre que ça va ?

Cette fois, elle m'a regardé. Elle a dit non mais qu'est-ce qui vous prend ? Et, en effet, pour la première fois, je me suis demandé ce qui me prenait. Je lui ai quand même répondu rien, rien du tout, j'ai seulement cru, excusez-moi. C'est bon, a-t-elle dit, par ailleurs ça va, je vous remercie, et je suis retourné m'asseoir.

Je n'étais guère plus avancé. Elle pouvait toujours être la sœur d'Anne. Et aller très mal. Ou très bien. Mais, à partir de ce moment, elle s'est sentie obligée de me jeter de petits coups d'œil. J'ai rencontré une fois son regard, elle l'a détourné. Je ne crois pas que je lui plaisais. Je crois qu'en revanche elle craignait, ou espérait, ou pensait, seulement, peut-être avec intérêt, même, que je m'intéressais à elle. Alors que non. Dans tous les cas, malheureuse ou non, et même sœur ou pas sœur, elle ne m'intéressait pas. C'est Anne qui m'intéressait. Je l'ai su, je l'ai bien su parce que je ne réagissais pas, à son regard. Sa gêne ne m'excitait pas.

J'étais gêné, moi, en revanche, qu'elle pût penser que je voulusse la séduire. Et qu'Anne, surtout, pour peu qu'elle fût entrée en cet instant dans le salon, eût pu nourrir la même pensée qu'elle. C'est cette gêne, je crois, plus que mon désintérêt à son égard, qui m'a fait prendre mes distances. A sa surprise, d'ailleurs, je l'ai noté. Toujours est-il que j'ai cessé de me trouver sur le chemin de son regard et que je me suis plongé, autant que se pouvait, dans mon magazine, en me demandant, sur un tout autre plan, celui de la curiosité, qui donc elle attendait, cette femme, si ce n'était pas Anne. C'est alors qu'un homme est entré.

Qu'elle n'attendait pas, selon toute apparence. L'homme, élégant, âgé, peut-être veuf, ai-je pensé, sûrement veuf, ai-je décidé, grand, en costume, avec des chaussures chères, est allé s'asseoir à mi-distance entre elle et moi, occupant, en même temps qu'un troisième siège, l'angle le plus aigu du triangle isocèle dont nous formions maintenant les sommets. Il avait, lui, déjà un peu de lecture en main en l'espèce d'un journal, qu'il déplia sans s'occulter le visage, et en nous destinant, à l'un et à l'autre, de brefs regards qu'il distribuait néanmoins inégalement, comme si j'eusse, en priorité, mérité de recevoir ce qu'il soustrayait de son attention à la lecture. Je baissai les yeux, je commençais à en prendre l'habitude, quoique de temps à autre j'observasse discrètement la femme, dont j'avais à cœur de savoir si mon désistement continuait de la choquer. Et il continuait de la choquer. Elle m'a paru haineuse, derrière son magazine. Je n'imaginais pas, du reste, que la sœur d'Anne pût être haineuse, à moins qu'elle ne fût très malheureuse, mais je laissai là ce sujet, car ma position dans le trio que nous formions, avec le veuf, me préoccupait, à présent, gêné que j'étais par le silence où nous nous tenions. A trois, le silence est plus lourd qu'à deux, c'est arithmétique, du moins quand on ne se trouve pas dans une salle d'attente. Or nous n'attendions pas, en effet, que ce fût notre tour d'ouvrir la bouche dans un fauteuil de dentiste, par exemple. Et nous n'avions pas, ici, de vraies raisons de nous taire. Non plus que de parler, certes. Mais enfin nous n'avions rien à faire de particulier, dans ce salon. Et ne rien faire à trois, à la longue, moi ça me gêne.

D'autant que le veuf pouvait, légitimement, se demander ce que nous fabriquions, cette femme et moi, dans ce salon. Et surtout ce que j'y fabriquais, moi, en présence de cette femme à qui je ne disais rien tout en lui jetant de petits regards de contrôle. De sorte que des trois que nous étions, l'un était en trop, à mon sens. Et, comme je me sentais le premier suspect, c'est moi qui suis parti.

C'est comme ça que j'ai quitté le salon alors que ça ne faisait pas partie de mon plan, au départ. D'autant que, je ne l'ai peut-être pas assez dit, mais durant tout ce temps, du siège que j'avais choisi d'occuper, j'avais vue sur le couloir, de façon qu'y passant pour sortir, Anne, faute d'entrer dans le salon, ne m'eût pas échappé. Car j'avais décidé d'être attentif, à cet égard. J'éprouvais le besoin de la voir, si elle passait. Même sans me signaler à elle. Mais la voir, oui.

Je quittais donc mon poste, là. Je le perdais, mon poste, et il me fallait compenser cette perte. Et, comme il était hors de question de repasser devant l'accueil, je suis retourné en direction des étages.

Parce que je l'avais prise, maintenant, ma décision de cogner aux portes.

Je voyais bien qu'en procédant de cette façon j'accomplissais un pas de plus dans le sens du ridicule, mais pas seulement. Je m'enfonçais, aussi. J'aggravais mon cas. Dieu sait ce que j'aurais pu faire, après cette histoire de portes, si ça ne marchait pas. Etant prêt à tout, maintenant, je n'avais même pas besoin de l'imaginer. Et même cogner aux portes me semblait banal. C'était le minimum que je pusse envisager, pour revoir Anne. Déranger tout le monde.

La seule vraie question était celle de l'ascenseur. En pénétrant dans les profondeurs des étages, je risquais de ne pas entendre la machinerie de l'ascenseur, qu'Anne à tout moment pouvait emprunter. Ce serait stupide. Stupide, mais insuffisant pour renoncer.

J'ai procédé méthodiquement. Frappé à la première porte, au premier étage. Pas de réponse. Je ne sais pas pourquoi, mais je me suis dit que si Anne entendait cogner, de sa chambre, elle répondrait. J'avais frappé assez fort, de façon qu'elle pût, le cas échéant, s'éveiller. Car je pensais que, si elle restait dans sa chambre, c'est qu'elle y attendait quelqu'un, maintenant. Pas sa sœur, bien sûr.

Pas moi non plus. En tout cas, elle ne restait pas dans sa chambre pour lire, c'est une hypothèse que j'excluais, ça, je ne voyais pas l'intérêt de s'enfermer dans une chambre d'hôtel pour lire. Donc, elle attendait. Ou encore elle n'attendait rien, justement, c'est-à-dire qu'elle attendait quelque chose, qui pût la sortir de l'état où elle se trouvait, dans sa chambre, un état proche de la mélancolie, imaginai-je. Et quand on cogne à votre porte, dans ces conditions, il est impossible de ne pas réagir. Parce que c'est quelqu'un, qui cogne. Peut-être pas quelqu'un qu'on attend, sans doute, mais quelqu'un qui vient. Qui vient ne serait-ce que vous permettre d'ouvrir. Et c'est comme un appel d'air, dans l'état où on se trouve.

Elle pouvait aussi bien regarder la télé, bien sûr, mais je n'étais pas certain qu'elle l'eût fait par plaisir.

Alors que lire, à la rigueur, finalement.

Mais même lire.

En fait, c'était presque une obligation, pour moi, maintenant, d'aller la déloger. Ce n'est pas sa sœur qui allait mal. C'était elle. Sinon, je ne voyais pas pourquoi elle serait restée dans sa chambre si longtemps.

J'ai continué. Je n'en étais pas à me dire qu'il

fallait que j'arrive à temps, mais pas loin. En tout cas, je ne lambinais pas. Quand j'ai eu cogné à la première porte, je n'ai pas traîné pour aborder la suivante. On m'a répondu. C'était un homme, vêtu, certes, mais récemment, sans doute après mes trois coups. J'ai bien cru voir une femme dans le fond, des jambes de femme, plutôt, mais rien qu'à regarder l'homme j'ai compris que la femme n'était pas Anne. Je ne me serais pas cru si sûr de moi, à cet égard. Ni d'elle. Toujours est-il que l'homme, son physique voyant, son visage pathétiquement ouvert, son sourire évoquant une paralysie faciale me convainquirent qu'Anne n'avait rien à faire avec lui.

Il m'a juste interrogé du regard. Je me suis excusé, invoquant une erreur de chambre, et j'ai poursuivi.

J'en ai rencontré d'autres, des gens. Ça faisait une éternité que je n'avais pas vu autant de monde. La composition socioprofessionnelle de l'hôtel des Voyageurs s'est révélée variée. Je crois même avoir dérangé un maçon, un type qui portait sur la main qu'il m'a tendue en ouvrant, comme s'il guettait mon arrivée depuis un moment, ce qui m'est apparu comme des traces de plâtre. Un homme charmant, à l'invitation duquel je n'ai pas répondu, en dépit de son insistance. Il s'ennuyait, m'a-t-il dit, dans sa chambre, et s'apprêtait à la quitter pour prendre un verre. Il voulait que nous le prissions à l'intérieur, ce verre, derrière cette porte qu'il s'apprêtait à refermer, et je me suis inquiété. Je n'ai pas eu l'audace ni même le temps de lui demander pour quelle raison ses mains n'étaient pas tout à fait nettes, et j'ai supposé qu'il s'était dépêché de partir en week-end, seul comme un chien, au sortir de son chantier, dans l'espoir qu'un séjour à l'hôtel lui ferait définitivement perdre, peut-être à la faveur d'un suicide, le goût de vivre qui à l'évidence avait commencé de le quitter en même temps qu'une femme, supposai-je, à seule fin de me rassurer sur le sens de sa proposition. Mais je crois surtout que j'étais pressé et que j'ai confondu mon indisponibilité avec une peur. Ou, plutôt, qu'en raison de ma hâte je me sentais vulnérable, comme si cette hâte était en soi une peur, une peur en acte, une fuite non par rapport à un quelconque danger mais en direction même de ce danger, qui était Anne, ou plutôt l'absence d' Anne, que je m'efforçais anxieusement de rejoindre.

Parce que ma peur, qui grandissait de chambre en chambre, était que, contre toute attente, elle ne fût pas dans la sienne. Qu'elle eût pris l'ascenseur, pour être précis. Ou même qu'elle se fût échappée par quelque autre maille du misérable piège en forme de filet que je lui tendais. Ou encore, pour en revenir à mon idée première, qu'elle n'y fût pas seule, dans sa chambre. Qu'elle eût déjà ouvert à quelqu'un. Bref, cette femme, j'étais en train de lui donner tout le pouvoir qu'elle n'avait pas voulu prendre sur moi, me semblait-il.

En attendant, les portes, les autres, continuaient de s'ouvrir. Certaines ensemble, d'ailleurs, tant mes coups se faisaient fermes. C'était autant de gagné. Je présentais mes excuses à deux personnes, voire à trois ou quatre en même temps. Et j'enchaînais. J'ai rencontré quelques représentants, comme ça, du moins des gens que je me figurais comme des représentants, d'abord, de simples commerciaux, des représentants de commerce, puis, à la réflexion, comme des représentants de l'humanité, tout simplement, parce que, pour la première fois, j'avais l'impression de la rencontrer, l'humanité. Elle était toute là, m'apparut-il, échantillonnée dans cet hôtel, et chaque fois qu'une porte s'ouvrait s'en élargissait le spectre, j'avais l'impression non seulement de m'intégrer mais de m'ouvrir, moi aussi, et tout ça, comme d'habitude, à cause d'une femme, car ç'avait toujours été les femmes qui m'avaient conduit aux autres. Sauf que là, comme je l'ai dit, je n'avais jamais vu autant de monde, ni établi autant de contacts. Et à chaque porte, donc, c'était comme si ma sociabilité progressait, j'étais de plus en plus à l'aise, de sorte que face aux dernières portes j'éprouvais la sensation d'une routine, je me voyais dans la peau d'un visiteur, comme on le dit des visiteurs d'hôpital, se penchant non uniquement sur la détresse mais aussi sur l'ensemble des manifestations humaines, surprise, mauvaise humeur, intolérance, joie, parfois, qu'une porte vînt à s'ouvrir, timidité, générosité, sans compter les femmes, bien sûr. Car des femmes m'ouvraient, elles aussi, et notamment une, au quatrième étage, dont la beauté me saisit, d'abord, puis glissa sur moi comme l'eût fait, sur la douceur de sa peau, ma main désinvolte, simplement parce que sa beauté ne m'était rien, ne me parlait que de cette autre beauté que je recherchais, maintenant, non celle d'Anne, qui ne rivalisait pas avec la sienne, mais celle de la redécouverte, de l'atteinte éblouie de cette femme que je risquais de perdre et dont le visage, de nouveau oublié, recouvert par tous ces visages, se découpait comme une forme vide qui promettait de reprendre vie au bout de mes gestes. C'est dire. C'est dire ce que j'éprouvai quand, de la chambre cinquante et un, la porte à son tour s'ouvrit, mais cette fois sur elle, qui se recomposa aussitôt sous mon regard, presque semblable à celle qui m'avait quitté.

Elle avait peu changé, en définitive. Je retrouvais l'ovale contrarié de son visage, j'entends contrarié par la saillie des pommettes, contrarié mais non compromis, l'ovale persistait, derrière ses lunettes ovales aussi, du reste, avec sa bouche dont j'avisai, pour la vraie première fois, la lèvre supérieure, plus sensuelle que l'inférieure, un peu épaisse, sous quoi s'alignaient des dents correctement chaussées, petites, blanches, et le nez, bien sûr, aux ailes larges, mais aux narines non dilatées, car elle avait la narine petite, Anne, et son visage, sans être fin, donnait à voir une joliesse comme éparse, qu'eussent rassemblée de justesse ses contours. Moi, de toute façon, ça me suffisait, je la reconnaissais, je la trouvais plus jolie qu'avant, même, je crois que maintenant j'aurais pu me souvenir d'elle, en tout cas c'est l'impression qu'elle me laissait. Je m'en sentais proche, de cette femme. Alors même qu'elle semblait moins surprise que déçue de me voir.

Eh oui. Déçue. Ça me pendait évidemment au nez, ça.

Elle était seule, en tout cas. Je l'ai su assez vite. Non qu'elle se fût effacée pour me laisser entrer. Mais sa façon de m'accueillir, porte grande ouverte, sans réticence particulière, malgré sa déception, disait assez que je ne la dérangeais pas, hélas. Décevoir, ce n'est pas déranger.

Ah, c'est vous ? a-t-elle dit, exactement comme si, m'attendant, elle était seulement étonnée de me voir arriver si tôt ou, encore, si tard.

J'ai répondu tout de suite c'est moi, oui, et, par chance, elle ne m'a pas laissé seul avec le silence qui s'ensuivait, elle m'a demandé, tout de même, ce que je faisais là, mais comme s'il convenait, passé sa déception, de poser la question de rigueur. De sorte que, comme elle me le demandait, je n'ai pas songé, moi, à le lui demander, ce qu'elle faisait là, ce qui était pourtant mon intention ou du moins ma pensée, avant qu'elle m'eût ouvert sa porte. Comme quoi il arrive qu'une question posée de vive voix ne soit plus disponible pour les autres, parce qu'elle est usée, inutilisable.

J'aurais pu, à la rigueur, la lui retourner, sa

question, rafistolée avec les moyens du bord, sous forme d'ellipse, par exemple, du genre « Et vous ? », mais je ne voulais pas trop avoir l'air de bricoler, avec Anne, de me livrer à de petits travaux de récupération minables et de passer pour pingre, alors je ne lui ai rien renvoyé, j'ai juste cherché à lui répondre. Or elle ne m'en a pas laissé le temps, elle m'a demandé si je l'avais suivie.

Là, j'ai répondu immédiatement non, pas vraiment. Je vous ai vue. Et puis.

Et puis ? m'a demandé Anne.

Elle m'a semblé sérieuse, ou grave, elle m'a fait l'impression d'être une personne rigoriste, tout à coup, qui demandait à un homme des comptes sur son désir, comme si ça s'expliquait, le désir, ou comme si ça se justifiait, alors que, du reste, je ne la désirais pas, pas tout à fait encore, ce qu'elle ne pouvait certes pas deviner, mais enfin j'ai joué le jeu, j'ai répondu sérieusement je me suis dirigé comme vous vers cet hôtel, je me suis demandé ce qui se passait, d'ailleurs, pourquoi un hôtel, enfin ça ne me regarde pas, mais vous savez, parfois ça ne vous regarde pas et on se demande quand même, et comme de toute façon j'y passais la nuit, à Gournon, je ne vous l'ai pas dit ?

Non.

Comme j'y passais la nuit, donc, ai-je poursuivi sans me démonter mais en prenant un risque, je l'ai noté trop tard, le risque qu'elle n'y passe pas la nuit, elle, je me suis dit pourquoi pas ici ? Et me voilà.

Au seuil de ma chambre.

En effet. Parce que je savais que vous étiez quelque part ici. Et alors.

Et alors ?

Et alors je ne vous l'ai pas donné, mon numéro de téléphone.

C'est juste, a reconnu Anne, comme si cet argument l'emportait sur les autres, définitivement, et j'ai craint qu'elle ne me le demande, mon numéro de téléphone, avant de me fiche tout à fait dehors. Mais, par chance, elle n'en est pas restée là, elle voulait en savoir plus, ça peut aider parfois la curiosité chez les femmes, ai-je songé, et elle est revenue en arrière, dans notre conversation, elle est retournée à la gare, à la gare de Gournon, et elle a dit qu'elle n'en était pas partie tout de suite, et alors moi ?

Eh bien moi aussi, ai-je dit. Moi aussi j'attendais quelqu'un à la gare.

J'étais assez content de ce mensonge-là. Parce que d'une certaine façon ce n'en était pas un. Ça dépendait de quelle gare on parlait. J'attendais quelqu'un, moi, à la gare Saint-Lazare. Je l'attendais elle, en somme.

Et ce quelqu'un n'est pas venu ? a demandé Anne.

Je ne sais pas si elle y croyait, à mon mensonge, ou si elle jouait le jeu, elle aussi. J'ai répondu non, ce quelqu'un n'est pas venu.

Je ne vous ai pas vu l'attendre, a-t-elle dit. Vous vous cachiez de moi ?

Nous étions toujours sur le pas de sa porte. Il est vrai que nos échanges, pour nourris qu'ils fussent, étaient rapides et ne réclamaient pas forcément qu'on s'installât. J'ai dit non, je ne me cachais pas, simplement je ne voulais pas vous déranger. Votre sœur n'est pas venue non plus ? ai-je ajouté.

Non.

Là, je me suis fait la réflexion qu'elle aurait pu flancher. Parce qu'entre deux personnes que personne ne vient chercher, à une gare ou ailleurs, le lien devenait possible, me semblait-il. On nous négligeait quand même, tous les deux.

Mais non. Elle n'a pas flanché. Elle a poursuivi.

Mais vous, ça ne vous gênait pas d'arriver avec quelqu'un à Gournon ?

J'ai pensé qu'elle se renseignait, cette fois, pour savoir si une femme était censée m'attendre, à la gare de Gournon. Et j'ai répondu non. La preuve que non. Je marquais un petit point, me semblait-il.

Je ne vous propose pas d'entrer, a-t-elle dit.

Une femme de chambre est passée, précédée d'un chariot chargé de linge. Sur le lit, au fond de la chambre, j'ai aperçu deux livres. J'ai pensé bon, j'ai fait ce que j'ai pu, pour l'instant.

Je vais vous donner mon numéro de téléphone, ai-je déclaré.

Alors, vous l'avez retrouvé ?

Oui. De tête.

J'ai souri. Elle aussi, elle aussi. Ce n'était pas mon ennemie, cette femme. Je n'ai pas dit ça.

Je lui ai demandé de quoi écrire. Elle s'est éloignée, est revenue, j'ai inscrit le numéro sur son billet de train, qu'elle n'avait pas jeté. Je vous laisse aussi le numéro de ma chambre, ai-je dit. Uniquement pour que vous sachiez où je me trouve jusqu'à ce que vous m'appeliez quand je n'y serai plus. De toute façon, je ne vais pas y rester, dans ma chambre.

Et le numéro de la mienne ? a-t-elle demandé. Vous l'avez eu comment ?

J'ai cogné aux portes.

Elle a paru inquiète. Ou impressionnée, je ne sais pas. Elle a dit je ne vais pas trop avoir le temps de vous voir.

La question n'est pas là, ai-je remarqué.

Je ne savais plus trop où était la question. Mais il ne s'agissait pas spécialement de la voir, pour moi, maintenant. Je voulais garder le lien, c'est tout. Lui dire au revoir, comme sur le quai, ça oui. Je l'ai dit.

Elle m'a répondu. Comme sur le quai. Avec le même demi-sourire. Je me suis demandé si on progressait. J'ai pensé que oui. Parce qu'à force de se dire au revoir, ai-je songé, ce n'est pas qu'on se revoie, non. Mais on s'habitue. A s'attendre, d'une certaine façon. A ne pas se quitter tout à fait. Voilà, me suis-je dit. On commence à ne plus se quitter vraiment, tous les deux.

Je suis redescendu au salon. Le veuf et la supposée sœur d'Anne n'étaient plus là, peut-être partis ensemble, qui sait. Je me suis donc trouvé seul, et c'était bien. Ça m'a permis de réfléchir à ce qui n'avait pas été dit, entre nous. Et notamment au problème du linge de rechange. Parce qu'elle savait, maintenant, que je passais la nuit à l'hôtel. Et que je n'avais pas de bagages. Et alors, bien sûr, elle pouvait m'imaginer avec une brosse à dents pliable, dans la poche de ma veste, mais c'est plutôt le slip, qui me préoccupait. Le slip de rechange. Qu'elle pouvait moins facilement, me semblait-il, imaginer que je portais avec moi bien replié sur soi dans une autre poche, ou même dans la même. Et alors, que faire ? me disais-je. Sinon partir en ville à la recherche d'un slip ? En même temps, j'hésitais à m'éloigner de l'hôtel.

Du reste, trouver un slip un dimanche après-midi, à Gournon, n'était pas du domaine de l'évidence. Et, quand bien même j'en eusse trouvé un, je n'allais pas en informer aussitôt Anne, de façon à la rassurer sur mon hygiène et sur la cohérence de mes actes. Ce qui fait que je me trouvais confronté, par cette femme, en vérité, à un strict problème d'hygiène personnelle, qu'il me fallait régler, de toute façon. Et donc. Et donc tant pis, me suis-je dit, je sors. Je prends le risque. Après tout, elle aussi elle peut m'attendre, si jamais elle cherche à me revoir, dans cet hôtel. C'est même peut-être mieux.

Je suis repassé devant l'hôtesse. Elle a pu se demander où j'en étais, de mon rendez-vous galant. Tant pis. Je suis sorti.

Le temps était doux. Je m'en suis aperçu. Tiens, me suis-je dit, le temps est doux. Je me fichais complètement du temps, au vrai. Il aurait pu pleuvoir. Ou neiger. La pluie, avec Anne, ça doit être formidable, ai-je pensé. Marcher avec elle, sous la pluie. Ou dans le froid. Et se réfugier dans un café pour prendre un chocolat chaud. Ou même un thé. Elle n'aimait peut-être pas le chocolat chaud.

J'ai eu la chance de tomber sur ce genre de magasin d'importance, aux rayons diversifiés, qui ne ferme pas le dimanche. J'ai choisi un modèle classique, en coton assez fin, qui puisse se plier dans une poche sans la trop bomber. Je suis revenu à l'hôtel, un peu vite, c'est vrai, mais je n'étais pas en vacances. Je n'étais pas venu là pour me promener. D'ailleurs, je n'aime pas voir une ville, seul. Ça n'a pas de sens. Et pourtant j'aime bien les villes. J'en connais peu, hélas, car il m'est arrivé souvent d'être seul. Quand je pense à toutes les villes que je n'ai pas vues parce que j'étais seul, parfois, ça me fait mal. C'est comme si la géographie vous punissait, en plus de l'amour. Parce que je n'ai pas dit que l'amour n'est pas là, quand on est seul. La plupart du temps, il est là. Il est là pour vous punir. C'est une présence sévère, dans ces moments, l'amour.

Je n'ai pas vraiment été surpris, en retournant au salon, d'y trouver Anne assise. Je crois que je commençais à m'habituer à l'idée qu'il était de moins en moins impossible qu'on se revît. Elle eût été debout, du reste, qu'elle aurait peut-être paru m'attendre davantage, mais ce n'est pas sûr. Telle qu'elle était, là, assise, elle m'attendait, ça s'est vu tout de suite. Elle m'a tout de suite vu arriver. Elle m'a dit ah, vous êtes sorti ? J'ai appuyé discrètement sur la poche de ma veste.

J'étais heureux de la revoir. Je commençais à

me faire à son visage, je dirais bien à l'aimer, à le trouver gracieux, même, et puis elle s'était changée. Elle ne portait pas la même jupe qu'une heure plus tôt. Ni que dans le train. Elle était aussi longue que dans le train, sa jupe. Je ne veux pas dire que j'avais photographié la jupe qu'elle portait dans le train, bien sûr, loin de là, ce n'est pas ce qui m'avait frappé, sa jupe, mais enfin elle était aussi longue que celle qu'elle portait dans le train, sa nouvelle jupe, avec un haut assorti, donc, cintré à la taille, qu'elle avait d'ailleurs prise, mais tout ça gris, gris foncé, j'ai envie de dire scolaire. Epais. Un tissu épais, trop chaud, rèche, plus conçu a priori pour la contention que pour le confort. En fait, son ensemble m'évoquait un costume de pensionnaire, ce qui, avec les lunettes, renforçait son côté studieux, son côté myope. Elle était bien, comme ça, du reste, Anne, elle m'a plu presque tout de suite, passé le rèche du tissu, je parle de l'idée de rèche, bien sûr. Je suis resté à distance.

Elle tenait un livre en main, à l'envers, l'index glissé entre les pages. C'est ce livre, je crois, en plus de la tenue, qui m'a fait me sentir nu, moi, avec mon slip encore étiqueté dans la poche. Je me suis senti inculte, sans bagages, insupportablement léger. Sans projets, aussi bien. Je rencontrais cette femme sans autre projet que de la mieux connaître, voilà, et ça n'était pas bon. C'était comme si, soudain, je n'eusse rien eu à cacher, à lui soustraire. Trop pauvre pour la priver de quoi que ce fût. J'aurais aussi bien pu lui prendre la main ou même l'embrasser et recevoir une gifle, j'avais l'impression qu'elle m'aurait habillé, sa gifle. Qu'elle m'aurait tenu chaud.

Je me suis demandé ce qu'elle fabriquait, avec ce livre. Elle ne le lisait pas, quand je suis arrivé. Elle en marquait la page.

Je suis venue vous demander quelque chose, m'a-t-elle dit.

La seule chose que je craignisse qu'elle me demandât, c'était de ne la plus voir. En dehors de ça, j'étais prêt. Elle pouvait y aller.

Je voudrais vous montrer un passage.

Il n'y avait pas de canapé, dans le salon. Que des fauteuils, je l'ai dit. J'en ai approché un. Je m'y suis assis.

Là où c'est coché, m'a-t-elle indiqué. Vous voulez bien le lire ?

A haute voix ? ai-je demandé, assez stupidement, c'est vrai, mais j'avais un petit doute, alors j'ai préféré passer pour un imbécile, ça ne me faisait plus vraiment peur.

Non, a-t-elle dit.

J'ai lu.

Vous comprenez quoi ? m'a-t-elle demandé après m'avoir laissé un temps de pause.

Pas grand-chose.

Je préférais la franchise, en l'occurrence. Je n'aime pas trop lire, mais je ne me sens pas de comptes à rendre, avec les textes. Ça regarde les signataires, il me semble, ce qu'ils écrivent. Et puis je ne voulais pas me forcer, ç'aurait été inutile.

Moi non plus, m'a dit Anne. Je ne comprends rien à ce passage.

Elle m'a repris le livre. L'a refermé sans en marquer la page. Je cherchais à lire le titre, moi.

Elle m'a montré la couverture.

Un ange ferme, ai-je-lu.

Je ne suis pas sûr de bien comprendre le titre non plus, ai-je dit.

Non, ce n'est pas absolument clair, a confirmé Anne. Vous faites quoi, maintenant ?

Maintenant ?

Oui, maintenant.

Je ne sais pas.

Je me sentais désemparé, démuni, plutôt, mais ça ne me gênait pas. J'aurais pu aussi bien lui avouer que je l'aimais, sauf que ça me semblait trop tôt. Pour moi, j'entends.

Vous veniez faire quoi, à Gournon ? m'a demandé Anne.

Retrouver un ami, ai-je menti, avec assurance, du reste, et en même temps je me suis senti mal parce que quelque chose m'est revenu. Un truc bête. J'avais rendez-vous le lendemain, avec un ami, à Paris, pour déjeuner. Complètement oublié, celui-là.

Il est vrai que ce n'était pas le même. Le même que celui que j'invoquais et qui n'était prétendûment pas venu me chercher à la gare de Gournon. Et qui n'existait pas. L'autre existait.

Ce que je veux dire, c'est que je n'avais pas envie d'avoir des contraintes pour le lendemain, moi.

Ils ne viennent pas vous chercher à la gare, en général, vos amis ? a demandé Anne.

Moquez-vous, ai-je dit.

Je ne me moque pas.

Elle a désigné le livre.

La librairie Volpian, à Gournon, organise une rencontre à dix-huit heures avec l'auteur. Je dois m'y rendre. J'ai rendez-vous avec l'auteur. Mais j'aimerais que vous m'accompagniez.

Je me suis senti pris de court.

Et votre sœur ?

Ça n'a rien à voir.

Vous avez rendez-vous avec l'auteur ? ai-je demandé.

Je n'étais pas sûr d'avoir bien compris.

Oui, a dit Anne. Mais j'aimerais que vous m'accompagniez.

J'aurais pu écrire un livre, moi aussi. Sur ce qui se passait, là. Cette répétition, d'abord. Ou enfin. Ce Mais j'aimerais que vous m'accompagniez. Deux fois. Ce J'aimerais que vous m'accompagniez. Ce Mais, surtout. Ce qu'il voulait dire. Qu'elle avait rendez-vous avec ce type, dont le nom se lisait sur la couverture d'un livre. Mais que, en dépit de ce rendez-vous, elle voulait que je l'accompagne. Ou à cause de ce rendez-vous. De toute façon, ce rendez-vous était contradictoire avec le fait que je l'accompagne. D'où le Mais. Il était contradictoire parce qu'elle avait un lien, avec ce type. Ce type dont le nom se lisait sur la couverture d'un livre. Ça me dépassait, ça. Non seulement elle lisait, mais il existait quelque part un homme qui écrivait ce qu'elle lisait, et cet homme elle avait rendez-vous avec lui.

Je me suis senti découragé. C'était beaucoup

trop d'un seul coup. Alors même que je ne l'aimais pas encore, enfin, pas tout à fait, elle me fichait un homme dans les pattes, cette fille. Un rival. Pis qu'un rival. Un installé. Peut-être pas avec elle, mais installé. Et puis ça me paraissait tellement loin de moi, cette histoire, que je n'arrivais même pas à souffrir. De jalousie, j'entends. Alors que, justement, l'amour n'avait pas encore vraiment creusé son trou, en moi. Et déjà la jalousie. Tout allait à l'envers. Enfin, je voulais bien être jaloux. Mais pas de ce type.

Je l'ai regardée. Je me suis demandé si je m'étais trompé. Son Mais j'aimerais que vous m'accompagniez résonnait encore. J'aimerais. Que vous. M'accompagniez. J'aurais pu la sectionner davantage, cette phrase. Chaque mot, à moi, m'y parlait d'amour. Et c'était elle qui les avait prononcés. Deux fois.

Je me sentais quand même foutu, à part ça. Foutu, mais avec cette main qu'elle me tendait. Je ne voulais pas la laisser vide, cette main.

J'ai dit je ne sais pas. Je lis peu de romans. Je n'ai pas pris le temp de lire. Vivre m'a pris tout mon temps. Je veux dire que j'ai perdu beaucoup de temps à essayer. J'ai essayé. Evidemment, ça me laisse des lacunes. J'ai peur de vous décevoir.

Vous ne me décevez pas, m'a répondu Anne. Je vous trouve bien comme vous êtes. J'ai l'impression que je peux parler, avec vous.

Mais vous pouvez, ai-je dit. Evidemment que vous pouvez. Même moi, regardez, j'y arrive. Je vais vous accompagner.

Je vous remercie.

Elle avait la tête de quelqu'un qui risquait de me remercier encore. De quelqu'un qui risquait de me demander d'autres services. Comme si elle avait eu besoin de moi pour d'autres choses. Pas besoin de moi, donc. Besoin de mes services. Ou même de mon amour, qui sait ? Peut-être besoin qu'on l'aime, simplement. Elle avait dû repérer ça, chez moi. Mon besoin d'aimer. Même si je ne l'aimais pas. Elle devait avoir peur que ça se perde, tout ça. Et j'étais là.

On y est allés. On est passés devant le magasin ouvert le dimanche, avec ses slips en coton léger. C'était une rue piétonne, je commençais à capter des éléments du décor, avec elle. Une de ces rues chaussée de petits pavés rouges qu'on voit un peu partout en province, dans le centre des villes. Avec toujours les mêmes chaînes de boutiques de prêt-à-porter, les mêmes chaînes de croissanterie, les mêmes chaînes de restauration rapide, les mêmes chaînes de tout ce qui se vend. Et quelques boutiques locales, qui font qu'on se sent ailleurs. Et l'église, quand même, dans le fond, avec sa flèche.

La librairie était en plein centre, avec, en vitrine, les livres et la photo du type qui écrivait ce qu'elle lisait, plutôt sympathique, d'ailleurs, ce type, sur cette photo, et pas fier. Ça ne m'a pas rassuré.

Il y avait des sièges, dans le fond, pliants, avec une table ronde, de café, et, derrière, assis, le type, qui parlait avec une femme. Il était moins bien que sur la photo, mais bien. Trois personnes seulement occupaient les chaises, il en restait une quinzaine de libres, et on n'était pas à l'heure. Quinze minutes de retard. Je ne sais pas si le type avait répéré Anne, mais j'ai bien vu qu'elle cherchait son regard, et que lui ne le trouvait pas, son regard à elle, ou ne le cherchait pas. J'ai eu l'impression que ça se présentait mal. Je me suis demandé, pas pour la première fois, du reste, si ce n'était pas ce type qui devait l'attendre à la gare, au lieu de sa sœur. Qu'importe. Je n'en étais plus à cette histoire de sœur.

On s'est assis, au dernier rang, et, comme cinq ou six personnes s'installaient à leur tour, la libraire a suggéré au type qui écrivait ce qu'Anne lisait qu'on pouvait peut-être commencer. Alors voilà, a-t-elle enchaîné, je vous présente Marc Soupault, que nous sommes très heureux d'accueillir ici pour son dernier roman, *Un ange ferme*, et d'abord une question, Marc Soupault, pourquoi ce titre déconcertant ? Enfin, moi je le trouve déconcertant, ce qui ne m'empêche pas d'avoir aimé le livre.

Le type a commencé à répondre, naturellement, que le titre était déconcertant, en effet, mais qu'il n'en avait pas trouvé d'autre, parce qu'il convenait parfaitement à l'histoire, et que ce qui primait, pour lui, c'était que le titre convienne à l'histoire. Après, la libraire lui a posé des questions, on sentait qu'il avait besoin d'être relancé, et surtout qu'il ne se souvenait plus très bien de ce qu'il avait écrit, la libraire était sans cesse obligée de recadrer l'histoire, sinon tout le monde perdait pied, à commencer par l'auteur. Anne, à mes côtés, écoutait, elle n'avait pas l'air de s'ennuyer le moins du monde, les gens non plus, d'ailleurs, il n'y avait que moi pour m'ennuyer un peu parce que j'attendais la suite, la suite de la prestation, ce qui fait que j'étais tout le temps déconcentré, Anne s'en est aperçue. Alors ? m'a-t-elle dit. Qu'est-ce que vous en pensez ? De quoi ? ai-je dit. De l'auteur, a-t-elle dit. Je ne sais pas, ai-je dit, il faudrait peut-être que je le lise d'abord, en tout cas ça donne envie. Chut, a fait quelqu'un. Parce que, en attendant, le type captait l'assistance, à cause de son naturel, je pense, il avait repris pied, finalement, il répondait, il ne se fâchait pas, il n'était pas surpris par les questions, il était même clair dans ses propos, avec juste ce qu'il fallait d'hésitation pour que ça passe mieux encore. Je l'ai trouvé bien. J'étais désespéré.

Puis la libraire lui a demandé s'il voulait lire un extrait. On sentait qu'elle avait dû lui en parler avant, et qu'elle revenait à la charge sans trop y croire. Ah non, a répondu le type qui écrivait ce que lisait Anne, non, désolé, ça, je ne peux pas, je trouverais ça obscène, excusez-moi, mais vous, si vous voulez, vous pouvez lire. Il n'a pas ajouté qu'il se boucherait les oreilles, mais c'était tout comme. La libraire s'est désistée. Elle a suggéré qu'on pouvait aussi bien converser avec le public, comme ça, à la bonne franquette, et elle a demandé si quelqu'un avait une question. Non, personne ? a-t-elle insisté dans un sourire maigre. Eh bien, merci, Marc Soupault, a-t-elle conclu en applaudissant, suivie par l'assistance, et, comme tout le monde se levait pour partir, j'ai compris que ceux qui restaient, à savoir le personnel de la librairie et l'auteur, pour l'essentiel, allaient boire un verre, et même un verre de blanc, j'avais repéré la bouteille.

C'est à ce moment qu'Anne m'a demandé de la laisser. Il fallait bien que ça vienne, de toute façon, ce moment. Elle n'allait pas me présenter au type. En tout cas, je n'étais pas sûr que j'aurais été d'accord. Je lui ai demandé quand même pourquoi. Je n'aurais peut-être pas dû. Elle ne m'a pas répondu. Mais ne rentrez pas tout de suite à l'hôtel, a-t-elle ajouté. Restez dans les parages. Vous voulez bien ?

J'étais comme son chien, moi. J'acceptais ça. Oui, j'acceptais ça. Et je ne vois pas où est la honte. Elle m'avait demandé de l'accompagner. Je l'accompagnais. Elle me demandait de m'éloigner, je m'éloignais. Pas trop, en plus. D'ailleurs, elle avait dit restez. Bon. Je restais.

C'est juste que je me demandais où, rester. Comme on était dans une librairie, pendant que ça s'organisait, là-bas, dans le fond, avec les verres et la bouteille, je me suis dit eh bien finalement si je regardais des livres ? Hein ? Avec tout ce qu'il y a ici, je trouverai bien à flâner. Et je me suis dirigé vers le rayon tourisme. J'ai feuilleté des guides. J'ai pensé à tous les pays que je pourrais visiter avec elle. Je ne connaissais que le Maroc et la Belgique. J'y serais même retourné, avec elle, au Maroc et en Belgique.

Je jetais de petits coups d'œil, de temps à autre, vers l'endroit où les gens buvaient, trois au quatre personnes, pas plus, mais Anne n'était pas avec eux. Elle se tenait en retrait, dans un angle, entre la littérature générale et les sciences humaines, et j'ai eu peur qu'elle ne me voie, avec mes guides. Je commençais à nourrir un complexe d'ordre culturel, par rapport à elle. Avec ses fréquentations. Au départ, je la voyais surtout comme différente, mais ça ne me gênait pas, cette différence. Je dirais même au contraire. Tandis que là, à cause de ce type, qui était une personne vivante, ça devenait palpable. Elle avait dû faire des études, cette fille. Moi, je n'avais pas fait grand-chose, on le sait, et je n'ai pas envie de dire quoi, mais pas grand-chose, non, je gagnais ma vie, c'est tout, et je me suis demandé ce qu'elle faisait, elle, comme métier. Je l'ai imaginée prof de lettres, c'était pas difficile. Et je me suis demandé, moi, ce que je faisais là, à attendre je ne sais quoi de cette fille qui ne m'attendait même pas, elle, du reste, elle aussi elle jetait de petits coups d'œil vers les gens qui buvaient, en particulier vers le type, et c'est là que j'ai compris que ça n'allait vraiment pas. A un moment, il s'est détaché du groupe, s'est approché d'elle, lui a brièvement parlé, puis elle s'est dirigée vers la sortie, même pas vers moi, je n'ai même pas eu à changer de rayon pour qu'elle ne me voie pas avec mes guides. Je l'ai rejointe sur le trottoir. J'ai dû la rattraper, en fait, elle prenait la direction de l'hôtel. Et alors ? ai-je dit. Vous pourriez m'attendre.

Elle n'a pas répondu. Son visage était crispé. Je n'ai pas insisté parce que j'ai compris qu'elle était hors d'elle. Ce n'est pas le mot. Elle luttait contre une douleur. C'est la douleur qui était hors d'elle. Pour l'instant. Elle n'était pas encore là, elle venait. Je me suis dit que quand même Anne avait affaire au chagrin, déjà. Au moins. Qu'elle vivait un prélude. Elle avait de la peine, ça se voyait.

Ça m'a fait penser à celle qu'elle se donnait, pour porter son sac. Et à ce que j'avais pensé, alors. Comme quoi elle peinait peut-être dans la vie. Et j'avais eu raison. Au bout du compte, elle avait à voir avec la tristesse, dans sa vie. Je n'y étais pour rien, bien sûr.

Je peux faire quelque chose ? ai-je demandé.

Non, m'a-t-elle dit. Marc doit me rejoindre à l'hôtel. Enfin, peut-être. Je ne sais pas.

C'était peut-être ça, le flou qu'elle voyait dans le monde, derrière ses lunettes, à la gare. Le flou de ce type.

En effet, ai-je dit. Je ne vois pas bien ce que je peux faire.

Elle luttait toujours. A nouveau silencieuse. Evidemment, je ne parle pas de ma peine à moi, là. Elle était derrière. Derrière la sienne. En attente. En clair, ça n'allait pas bien, mais rien n'était dit encore. Elle était mal partie, avec lui. Moi, j'étais mal parti tout court. Mais peut-être pas avec elle. Disons que je n'avais aucune chance. Mais j'étais là. Nous étions là, ensemble, sur le chemin de l'hôtel. Je me disais c'est bête, il suffirait que je lui prenne la main.

Mais je ne peux pas.

Elle non plus.

C'est trop bête.

Je dois l'attendre là-bas, a-t-elle dit. Vous me laisserez en arrivant. On se reverra.

C'est ça, ai-je soupiré. Bien sûr. Vous m'appellerez.

Vous me trouvez détestable.

J'ai dit non. Pas détestable. Je me demandais

ce que je pensais de vous, jusqu'à présent, et maintenant je le sais.

Et alors ?

Je lui ai expliqué. Ça tenait en trois mots. Elle m'a regardé, elle a paru surprise. Mais pas déçue. Ça changeait.

Ça ne m'a pas mené loin, évidemment. Elle m'a laissé. Non sans m'avoir dit qu'elle n'était pas contre. Que je pouvais l'aimer. Qu'elle, non. Mais que ce n'était pas grave. Qu'elle aimait bien qu'on l'aime. Je comprends ça, ai-je dit.

Elle est montée dans sa chambre. L'hôtesse nous a vus arriver ensemble, puis nous séparer, elle a dû changer d'avis, à mon sujet. Anne n'avait pas dîné. Ni moi. On n'avait même pas dîné ensemble. C'était pitoyable.

J'ai eu faim. Je suis retourné dîner dehors.

Puis je suis rentré me coucher. L'hôtesse me regardait partir, revenir, je me suis dit qu'au moins elle devait me trouver actif.

C'était la nuit, maintenant. J'allais la passer ici, la nuit. Je ne parle pas de dormir. J'allais passer la nuit ici avec Anne, à l'étage au-dessus, qui attendait ce type. Ma jalousie fonctionnait, à présent. Parce qu'elle l'attendait dans sa chambre, l'homme qui écrivait ce qu'elle lisait. Alors il pouvait bien écrire, avoir un nom, pavaner devant dix personnes, le soir, dans les librairies de province, s'il venait dans sa chambre ça ne tenait plus. C'était un homme, simplement, un homme qui retrouvait une femme, pas de quoi se vanter. Le problème, pour moi, c'est que c'était pire. Je l'imaginais nu, ce type. Plus aucune prestance, à mes yeux. Mais, dans ses bras, je voyais Anne. Il la tenait. Un beau salaud, en fait. Un petit salaud ordinaire, plutôt. J'aurais même pu lui casser la figure.

En attendant de conduire à bien ce joli projet, j'essayais de faire en sorte d'oublier que je n'avais pas sommeil. En oubliant que je n'ai pas sommeil, je vais peut-être finir par dormir, me disais-je. Mais non. J'avais l'impression de rêver sans dormir. Des visions me traversaient, assez vagues, du reste, car je ne connaissais rien d'Anne. De son corps, j'entends. Je pouvais donc imaginer ce que je voulais, mais je ne sais pas si c'était mieux. Je continuais de faire tout à l'envers, et, l'étonnant, c'est que ça marchait. Je me suis levé et je me suis mis à arpenter la chambre.

Ça m'a permis de revoir ma vie. Et de me redemander ce que je faisais là. Je me suis même interrogé sur ce que je faisais, depuis tout ce temps, à être au monde. Ça restait une énigme. J'avais beau rameuter mes souvenirs, toujours les mêmes, deux ou trois, et sur les trois, deux images de femmes, le troisième se situant du côté de l'enfance, lui, une vision de poussette, je dirais, ou plutôt une vision de quelque chose, qui était du gravier, je crois, à partir d'une poussette, pas de quoi bâtir un roman, donc, j'avais beau essayer de les ordonner, ces trois souvenirs, ça ne tenait pas, je ne suis même pas certain que j'aurais pu remplir une phrase, avec. Ce que je voyais, surtout, c'était ce trou noir, le trou noir du passé, au fond de quoi le temps avait déposé ses œufs, comme un oiseau malade, et alors rien n'avait éclos, mais en revanche j'avais pris de l'âge, mais pas de poids, non, j'avais glissé tel quel d'une décennie à l'autre, avec juste assez de souffrance en guise de régime pour rester svelte et lisse, comme si, faute d'éclosion, en ce qui concernait mes projets, j'avais quand même passé ma vie à naître, à peu près nu, avec un regard qui ne s'usait pas, mais qui n'entamait rien non plus et qui enregistrait, avec un soupçon de larme au fond de l'œil, la fuite désolante des choses. Le bilan, pour moi, était donc à la fois mystérieux et simple : je n'avais rien appris, rien vécu qui eût gardé forme, mais j'étais là, toujours, avec la même soif, avec le même acharnement à me lever chaque jour pour aller jusqu'au soir, où j'arrêtais tout pour reprendre force, sauf exception, bien sûr. Ainsi, ce soir-là, où j'arpentais cette chambre, privé de sommeil, et où j'attendais quelque chose qui n'était pas quelqu'un, moi non plus, quelque chose qui était peut-être simplement l'épuisement, qui ne venait pas, ou un signe, qui est venu, lui, et que j'ai interprété sans aucun mal, certain qu'il existait quelque part pour moi au moins une chance, finalement.

On cognait. J'étais nu. Je me suis vite habillé, j'ai ouvert, je ne voyais pas qui ça pouvait être, à part elle, or c'était elle, naturellement, et je n'ai rien eu à dire, c'était très pratique, elle est entrée, elle a dit je peux m'asseoir ? et, comme je lui répondais oui, elle ne s'est pas assise, c'est elle qui s'est mise à arpenter la chambre, et moi je suis resté debout près de la fenêtre à attendre.

Patience, me suis-je dit.

Au bout d'un moment, c'est venu, il est venu, m'a-t-elle dit, il est venu et il est reparti, c'est moi qui lui ai demandé de repartir mais de toute façon il serait reparti, je crois que c'est ça qu'il aime, repartir, repartir après m'avoir prise, excusez-moi, je vous choque, et encore je ne dis pas la moitié de ce que je ressens, là, parce que prise, non, ce n'est pas le mot, c'est baisée, le mot, prise ce serait trop beau, excusez-moi. Je vous en prie, ai-je dit, au point où on en est, mais si vous pouviez resserrer votre ceinture, là, autour de votre sortie de bain, ça m'arrangerait peut-être, vous êtes folle de vous promener comme ça dans les couloirs, je ne vous connais pas si bien que ça, moi, et ce n'est pas parce que je vous ai avoué quelque chose, tout à l'heure, un peu vite, peut-être, d'ailleurs, que vous devez vous croire autorisée. Mais pourquoi non ? a-t-elle protesté, et j'ai commencé à la trouver sérieusement changée, Anne, ce soir-là, pourquoi non ? a-t-elle répété en desserrant au contraire la ceinture que je venais d'évoquer et en me l'ouvrant tout à fait, sa sortie de bain, pourquoi non ? Je ne vois pas pourquoi je me gênerais avec vous plus qu'avec lui, vous pouvez bien me prendre aussi, vous, et j'ai dit vous êtes gentille de me réserver ce verbe, je suis très touché mais tout de même je préférerais, et elle a dit mais qu'est-ce que tu crois, Frank, qu'est-ce que tu crois que je suis, derrière mes lunettes, qu'est-ce que tu crois que je vaux, tu crois que tu ne me mérites pas ? le problème c'est que je n'en ai pas envie, a-t-elle ajouté en refermant sa sortie de bain, et je lui ai fait observer que moi non plus, de toute façon, mais j'ai eu besoin de m'asseoir.

Dans le fauteuil. Il y avait un fauteuil, voire deux, dans les chambres. Bon, ai-je dit. Je pense qu'il faudrait qu'on se pose. Vous ne voulez pas vous asseoir, vous aussi ?

Je crois que je ne pourrai jamais plus rien faire assise, a-t-elle remarqué.

Je n'ai pas compris le sens de sa phrase. Elle est restée debout, à arpenter la chambre. Ça ne m'arrangeait pas trop, parce que je la voyais, maintenant. Et ce n'est pas tant que je la voyais. Je l'avais vue. Son corps, je ne le connaissais pas, jusqu'à ce soir. J'en étais à dix kilomètres, de son corps, jusque-là. Je ne m'en serais jamais douté, de tout ça, dans le train. Je n'en étais pas là, à ce moment. Or ça n'avait peut-être pas duré longtemps mais, quand elle avait ouvert sa sortie de bain, j'en avais pris connaissance, de son corps. D'un seul coup. Ç'avait été comme une révélation, pour moi. Il avait suffi d'une fois, donc, et de très peu de temps. Mais, eh oui, j'avais vu son ventre. Et il est très difficile de décrire un ventre, je pense, surtout comme ça, relié au reste, je pense aux seins, notamment, je pensais aux seins, oui, à l'ensemble mais beaucoup aux seins, j'y reviendrai, et le ventre ça n'était pas facile, c'est vrai, mais je l'avais retenu, son ventre, fatalement, le léger bombé de son ventre, très léger mais visible, avec cette continuité, cependant, cette pente qu'emprunte insensibement la peau dans la zone où elle se creuse, à l'approche du pubis, et par où le regard descend aussi et se piège, entre les deux courbes sécantes que délimitent les cuisses, avec au centre cette tache sombre, étroite, en forme de flèche, ce symbole stylisé ici par la grâce de la cire, et dévoilant la peau, encore elle mais autre, au plus plus près de ce point où elle s'ouvre, et encore ce n'était rien, combien de femmes, me disais-je, à la rigueur combien de femmes comme elle, mais, et c'est là que le bât blesse, songeais-je, sans cette grâce, cette harmonie, ce parfait rapport des masses, et je ne parle pas du reste, de ce que je n'avais pas vu, des épaules, devinées, de la taille, entraperçue, ni de ce visage, non de sa beauté particulière, qui grandissait cependant d'une minute à l'autre, en moi, mais, en lui, de ce rappel incessant de ce que je venais de surprendre. De cette conscience nue, donc, lisible dans son regard, de ce qui maintenant se dérobait et que je n'aurais de cesse de revoir, je le savais. J'entrais en réalité dans une mauvaise passe, mais je n'y pouvais rien, c'était fait, par sa seule faute, je la désirais, maintenant, en plus, et je crois que j'ai commencé à lui en vouloir, ça m'a rapproché d'elle encore, ça devenait franchement pénible.

Elle ne s'asseyait toujours pas. J'ai fini par comprendre pourquoi. J'éprouvais la même chose, je n'en pouvais plus de ne rien faire, je me suis levé aussi et on a commencé à se croiser, dans la chambre. Parce qu'on n'arpentait pas l'un à côté de l'autre, ce qui aurait été comique, mais en sens inverse, ce qui l'était aussi, sauf que je n'avais pas le courage de rire, et elle non plus, de sorte qu'elle et moi on savait que c'était drôle, on le sentait, et pour nous c'était comme rater un bon passage, dans un film, parce que la vie interfère, et on a continué à se croiser comme ça avec le regret de ne pas en rire jusqu'à ce qu'Anne, qui n'en avait pas fini, avec la rancœur, se remît à m'évoquer son corps, d'une autre façon, en le nommant, cette fois, disant il n'y a que ça qui l'intéresse, de toute manière, il n'y a que mon cul qui importe, pour lui, et je lui ai dit arrêtez ça, vous voulez bien ? Je ne crois pas que je mérite ça.

Elle a eu l'air de s'apercevoir pour la première

fois que j'étais là, j'entends que c'était moi qui étais là, et pas un autre, pas n'importe qui, et qu'à moi elle ne pouvait plus continuer de dire n'importe quoi, mais le mal était fait, là encore, et comme le mal était fait et qu'elle s'en rendait compte, elle s'est assise, comme après un travail, un sale travail, peut-être, mais un travail, ça l'avait vidée, tout ça. Et moi, donc. A ceci près qu'à l'inverse pour moi ça commençait, plutôt. Ça commençait à m'user, cette scène, même finie. Ça travaillait tout seul, de mon côté, maintenant. Surtout à cause de ce désir, que je n'avais plus, du reste, mais dont le souvenir m'encombrait, et dont je savais qu'il reviendrait, je ne suis pas naïf, sur ce plan-là. Et alors il n'était pas bien brillant, mon désir, le souvenir de mon désir, parce que après ce qu'avait dit Anne, en admettant que j'en eusse une un jour, je ne voyais pas comment occuper ma place. Cet homme, qui était venu, il l'avait déjà prise, la place que j'aurais pu occuper, dans le meilleur des cas, et le corps d'Anne, désormais, ne m'était plus promis, à la rigueur, que comme celui d'une personne à réhabiliter, entièrement, avec ce qu'il fallait de consécration à son âme. Et j'avais beau l'avoir perçue, son âme, et désirée, maintenant que je désirais le reste il me serait bien difficile de revenir en arrière, de protester de mon amour, et tout ça par sa faute, alors que, pour peu qu'elle ne m'eût pas dévoilé son ventre, j'eusse pu, peut-être, y accéder sans peine, et jouir de cet émerveillement, dans ce moment où une femme, comme on sait, pour quelque impérieux motif qui d'abord échappe, vient s'offrir à vous sans partage. Mais Anne était partagée. Elle était partagée et assise, enfin, au bord du lit, mais pas qu'assise, non, elle se renversait, maintenant, s'allongeait, la tête sur le traversin, étoilant son cheveu long et dru, disant ça vous ennuierait, que je reste ici ? Que je dorme un peu ici ? Je n'ai pas la force d'y retourner.

Je lui ai répondu tout de suite, de mon fauteuil, d'où je découvrais ses cuisses, ce qui me mettait d'autant plus mal à l'aise, que ça méritait réflexion. Parce que ce n'était pas évident, pour plusieurs raisons. Elle m'a demandé lesquelles. J'ai dit premièrement. Elle a attendu la suite. J'ai dit premièrement ça n'est pas facile, pour moi. Et deuxièmement ? a-t-elle dit. Deuxièmement, ai-je répondu, je n'ai pas l'intention de dormir dans le fauteuil, parce que je suis fatigué. Et je ne peux pas vous proposer le fauteuil.

Vous ne me touchez pas, a-t-elle dit. Je ne vous

touche pas. On dort ensemble, c'est tout. On récupère. On se laisse prendre par le sommeil, chacun de son côté, on ne s'occupe même pas du sommeil de l'autre. Par exemple, si vous ne dormez pas, je n'en tiens pas compte. Vous, pareil. Et le premier qui s'endort n'est pas le gagnant, ce n'est pas le plus fort. Il ne s'agit pas d'une compétition.

On peut essayer, ai-je dit.

C'est ce qu'on a fait. Essayer. Parlons-en. Déjà, dormir seul, je n'y étais pas arrivé, alors avec elle, on imagine. J'imaginais moi-même, d'ailleurs. On s'était tous les deux glissés dans le lit, elle d'abord, nue, en plus, puisqu'elle ne portait rien, sous sa sortie de bain, puis moi, nu aussi, c'est vrai, je dors nu, moi, mais bien aligné le long du bord, là, les jambes droites, plus que droites, raides, même, les bras en position de garde-à-vous, et j'imaginais, donc, que je m'endormais auprès d'elle, comme ça, éventuellement en rêvant d'elle, mais ça ne m'aidait pas, cette idée de rêve, ça me donnait envie de la toucher. Alors que si je n'avais pas pensé à ça, ni même à m'endormir, si j'avais pensé à elle, directement, ça m'aurait peut-être passé, je l'aurais sentie trop présente, ça m'aurait semblé trop proche, trop aveuglément vrai. Enfin, je ne l'ai pas touchée, je me suis seulement débrouillé avec ce manque, ce manque que j'avais d'elle, si proche, je l'ai imaginée sur le dos, telle qu'elle était, en fait, les seins affaissés, les cuisses jointes, une gisante, mais une gisante chaude, je me suis dit que j'aurais juste affaire à sa chaleur. Ç'a été le cas, j'ai dû repousser discrètement les draps de mon côté pour avoir un peu d'air, j'étouffais. Au bout d'un moment, elle a bougé elle aussi, mais plus que moi, elle s'est tournée ou je ne sais quoi, je ne voulais pas voir, elle a dit attendez, ça vous ennuie si je rallume ? Parce qu'on avait éteint. Evidemment, pour dormir. Je lui ai répondu non, de toute façon je ne dors pas, vous voulez qu'on parle un peu ? Non, m'a-t-elle expliqué, mais j'ai l'habitude de lire, le soir, avant de dormir, et je m'aperçois que ça me manque. Je ne lui ai pas parlé de ce qui me manquait, à moi, ça aurait paru disproportionné, sans doute, je lui ai dit eh bien lisez donc, ça tombe bien, il faut que je me lève.

Je me suis levé, j'ai attrapé mon slip, j'ai gagné les toilettes, j'ai tiré la chasse, je suis revenu, sa lampe de chevet éclairait la pièce, crûment, elle était assise sur le lit, le rabat du drap déplié, serré au-dessus de ses seins, elle m'attendait, là encore. Elle m'a dit le problème c'est que je n'ai pas de livre, là, vous n'en avez pas, vous ? Je me suis rendu compte que j'étais presque nu devant elle, et qu'elle ne me regardait pas, malgré toute cette lumière, ou à cause d'elle, je me suis recouché très vite avant de lui répondre non, je n'ai pas de livres, moi, je ne suis pas comme vous, ai-je ajouté, elle commençait à m'agacer sérieusement avec ses histoires de livres, sans même parler de leurs auteurs, hein, je crois que je lui en voulais un peu, de tout ça, je me suis même demandé si elle n'était pas cruelle, naturellement cruelle, mais je l'ai regardée, le visage de côté, et il m'a semblé que non, qu'elle était seulement prise dans une impuissance, celle de me ménager, c'était au-dessus de ses forces de ménager qui que ce soit, ce soir-là. Elle m'a quand même dit ne le prenez pas mal, c'est juste une habitude, vous n'avez rien à voir avec ça, vous n'êtes pas en cause. Je sais, ai-je répondu, n'insistez pas, mais si vous voulez je peux vous raconter une histoire, je plaisante, ai-je précisé. Vous êtes gentil de plaisanter, a-t-elle remarqué, je vous remercie, mais si vous n'avez pas de livres je vais peut-être retourner dans ma chambre pour en prendre un ou plutôt, réflexion faite, a-t-elle ajouté, je préférerais retourner dans ma chambre, mais peut-être que vous pourriez venir, et j'ai dit comment ça ? Dormir, a-t-elle précisé. Je n'ai pas pris le temps de réfléchir au sens possiblement caché de sa proposition, j'ai dit mais je ne vais pas dormir mieux, moi, dans votre chambre. Elle m'a répondu je sais, je m'en doute, mais c'est parce que finalement j'aimerais mieux y retourner et que vous m'accompagniez et là je lui ai quand même répondu c'est une manie de me demander de vous accompagner partout ou c'est par goût ? Je ne dis pas par goût pour moi mais par goût tout court, par vice, vous voyez ? J'aimerais comprendre. Alors elle m'a dit je sais ce que vous ressentez, vous trouvez que j'exagère mais je n'y peux rien, depuis le début je vous trouve sympathique. Sympathique, ai-je repris, vous n'avez pas pire, comme mot ?

Elle m'a dit je me comprends, écoutez, il est tard, et puis si je veux retourner dans ma chambre ce n'est pas seulement pour lire, c'est aussi parce qu'il risque de revenir.

J'ai soupiré, cette fois. J'ai dit vous êtes franchement insupportable, quand vous vous y mettez, et vous voudriez que je vous accompagne dans ces conditions ? Et pourquoi reviendrait-il, d'abord ? C'est un maniaque, lui aussi ?

Je ne sais pas mais il aime bien revenir, m'a-t-elle répondu. Je ne vous l'ai pas dit ?

Je ne sais plus. Je crois que vous m'avez plutôt parlé du contraire. Qu'il aimait repartir.

C'est un peu le même mouvement, a-t-elle dit. Dans l'autre sens.

Ça va, ça va, ai-je dit. Et pourquoi, ai-je demandé de nouveau, devrais-je vous accompagner, dans ces conditions ? Vous me situez où, dans ce va-et-vient ?

Eh bien, si vous êtes là, la place sera prise, a-t-elle dit.

J'ai commencé par me taire. Puis j'ai dit vous me laissez juste le temps d'analyser votre dernière phrase, là. Jusqu'où elle va, votre phrase.

Elle a attendu. Elle avait l'air d'aimer bien attendre, d'une façon générale. Puis j'ai dit je ne comprends rien du tout à votre attitude mais en admettant que je vienne c'est lui qui risque de me casser la figure, non ?

Pourquoi vous dites lui ? a-t-elle demandé.

Pour rien, ai-je dit, pour rien. Je ne pouvais pas lui avouer que c'était moi qui avais eu envie de lui casser la figure, à ce type, bien avant ces histoires. Mais enfin s'il me casse la figure, ai-je développé, c'est un peu dommage. C'est un peu dommage qu'on s'affronte pour rien, lui et moi.

Elle a paru réfléchir. Elle avait toujours le drap sur ses seins, j'ai eu l'impression qu'elle le tirait à elle, le drap, pas spécialement pour se cacher, qu'elle me tenait par ce drap qu'elle tenait, qu'elle m'aurait emmené avec elle partout dans cette vie qui était la sienne et qui ne lui convenait pas, y compris en emportant le lit au besoin, voire la chambre, tout ce décor de fortune dont s'entourait ma pauvre vie à moi, ce soir-là, qu'elle avait du pouvoir sur ce monde dont j'avais cru qu'il lui échappait, sur le quai à Saint-Lazare, qu'elle avait un pouvoir immense sur les choses même si ça ne la rendait pas heureuse, ce pouvoir, qu'au contraire c'est le malheur qui la rendait forte, qui lui donnait prise sur tout, mais surtout sur moi en vérité, que le malheur ou le chagrin ou n'importe quelle autre disposition mentale de ce genre lui donnait de la force, celle de s'agripper, et alors quand on tombe on ne tombe pas seul, tout vient avec. Je me suis demandé s'il était intéressant pour moi de lutter contre une telle force, si ça avait un sens, un sens particulier, j'entends, un sens que j'eusse été capable d'investir, et qui eût été plus fort que mon attirance pour elle, et je me suis dit que non, que lutter pour lutter, ça n'était pas intéressant. Et pendant ce temps elle réfléchissait, je le rappelle, avec ses deux mains tenant toujours le drap, et finalement elle m'a dit qu'on n'était pas obligé de s'interdire, ou plutôt qu'elle acceptait, en fait, que nous fissions l'amour, elle et moi, dans sa chambre, le cas échéant, en attendant l'autre, pour que ça ait un sens, qu'il nous surprenne, s'il revenait, ce qui n'était pas sûr, évidemment, et je lui ai dit comment ça, le cas échéant ? Enfin, je ne sais pas, a-t-elle repris, très vite, je veux dire que ce ce n'est pas impossible, que ce n'est pas totalement impossible, que l'important pour moi c'est que vous m'accompagniez, je ne veux pas qu'il croie que je l'attends, vous comprenez. Et alors, ai-je remarqué, vous me proposez d'acheter le cas échéant ma présence auprès de vous cette nuit à cause de ce type, vous voudriez que je vous fasse l'amour le cas échéant, mais je ne veux pas vous faire l'amour le cas échéant, moi, d'ailleurs je ne veux pas vous faire l'amour du tout, je n'y suis pas du tout prêt, enfin, si, tout à l'heure, j'étais prêt, enfin non, je ne l'étais pas non plus, et puis on arrête de parler de ça, ça m'énerve.

Elle m'a regardé. Elle a paru vaguement contente que je me fâche, ça me donnait du relief, je crois, et je l'ai remerciée silencieusement de ce regard, c'était comme le pardon qu'elle m'eût réclamé, si elle avait eu de la voix pour le faire. Mais, déjà, son regard, même sans la voix, c'était quelque chose, c'était un apaisement, et je lui ai dit écoutez on ne va pas se poser de questions inutiles, je vais venir avec vous dans votre chambre, et on verra bien, de toute façon ça m'est égal, je ne suis pas mécontent en un sens que vous n'arriviez pas à me lâcher, ça me donne quand même un peu fortement une sensation de vivre, je ne sais pas quoi, je ne sais pas laquelle, qu'importe. On y va ?

Oui, oui, allons-y, a-t-elle renchéri, comme si réellement on avait eu quelque chose à faire, elle et moi, un projet, en somme, ou à subir une contrainte, et qu'on eût été ensemble face à cette contrainte, même si ce n'était pas la même, comme un affamé et un dépressif, par exemple, et qui se donnent la main en attendant de voir, avec ce que ça comportait de promesses de souvenirs, d'épreuves passées ensemble. Je crois que c'est ça qui me poussait. Cette notion d'entraide. C'était d'ailleurs troublant, parce que, avec mes choix, je n'avais pas tellement aidé les gens, dans ma vie.

Au départ, ç'a eu l'air d'être la même chose, dans un décor semblable, étant donné la ressemblance des chambres, dans un même hôtel, ou plutôt la même chose mais en plus affirmé, je pense à cette habitude qu'on semblait commencer de prendre de dormir ensemble, ou d'essayer, comme une sorte d'entraînement à je ne sais quoi, du reste, parce qu'en admettant qu'on eût dormi c'est le réveil que j'imaginais mal, ça nous aurait apporté quoi, le réveil ? Surtout si, le cas échéant, aussi bien, nous n'avions pas fait l'amour, ce qui se précisait, pour moi, d'ailleurs, cette certitude et même ce souhait que rien n'advînt de ce genre, dans ces conditions. De sorte que sa proposition a perdu nettement de sa force, quand on est entrés. C'était comme des mots qu'elle eût dit en trop, en vérité, et qui resteraient entre nous non comme une perspective mais comme un passif, quelque chose qu'on aurait à porter, elle et moi, mais sans pouvoir s'aider, à la différence de son sac, par exemple, qu'on aurait pu tenir chacun par une anse, à la gare Saint-Lazare, et ça ne se résorberait pas comme ça, ce passif, je me demandais si elle en avait elle aussi conscience. Apparemment pas. Elle avait l'air calme. Je me suis dit que c'était peut-être parce que, au fond, elle eût volontiers fait l'amour avec moi. Le problème, c'est que ça ne me plaisait pas, cette idée, cette possibilité presque facile, pour elle, si j'en croyais son calme. J'eusse préféré soit qu'elle n'en eût jamais parlé, soit qu'à la réflexion elle s'y fût opposée, farouchement, et alors ç'aurait été une véritable épreuve. Tandis que là, même si c'en était une, ça manquait de sens. Je me suis même demandé si je la désirerais de nouveau un beau jour, cette femme. Parce que là, dans le lit, c'était comme si je venais de lui faire l'amour, d'en avoir parlé, et j'avais besoin de vide, en fait. De vrai vide. Pas de son calme à elle. Pas de son calme en ce qui me concernait. Par rapport à ce type, elle n'était pas calme. Son calme, c'était pour moi. Ce n'était pas moi qui l'empêchait de dormir.

Elle a commencé par ne pas dormir, donc. Elle a lu, assez longtemps, pendant que je regardais le plafond. Je me suis endormi, moi. Je n'avais pas besoin d'être vide, au vrai. Je l'étais déjà, vide, ou vidé, c'était mon tour. Je me suis éveillé vers quatre heures, elle ne lisait plus, il faisait noir. Elle dormait. Je l'ai regardée. J'ai cherché à éprouver un sentiment de puissance, à la voir, comme ça, j'aurais même pu la caresser, doucement, sans l'éveiller, d'ailleurs elle ne s'éveillait pas alors que je me penchais sur elle, j'aurais pu l'embrasser, aussi bien, je veux dire déposer un baiser, sur son front, mais pas du tout, je ne me suis pas senti fort. Au contraire, c'était comme si, dormant, elle m'avait interdit de l'éveiller, a fortiori de la toucher, son sommeil était une forme de son pouvoir, cette nuit-là, et sa respiration, le léger et régulier gonflement de sa poitrine, la preuve qu'elle exerçait ce pouvoir, comme si dans son inconscience et son apparente impuissance à réagir elle eût encore régné sur moi, certaine de me tenir à la fois loin et lié. Je l'ai trouvée étonnamment belle, encore que je connusse les avantages du sommeil, la beauté des femmes qui dorment, en général. Mais quand même. Elle l'était. J'ai même cherché ses défauts, pour être sûr, et je les ai trouvés. Par exemple, pour la première fois je me suis rendu compte qu'elle avait le nez un peu de travers. Elle devait sentir ma chaleur ou mon souffle, penché comme j'étais au-dessus d'elle. Elle n'a pas bougé. J'ai commencé à la détester, mais tranquillement, comme si son sommeil me laissait le temps et l'espace de laisser sourdre en moi toute la rancœur que je concevais à l'aimer, toute la peine qu'elle me donnait, maintenant, et qu'elle n'éprouvait plus, comme si j'eusse dû souffrir à sa place, cette nuit-là, mais sans retour, et qu'au matin elle eût été guérie, heureuse, et qu'elle m'eût laissé sans elle, sans rien, sans de quoi vivre.

Et puis je me suis dit de toute façon. Et j'ai allumé, en couvrant la lampe. Et je l'ai découverte, elle. Lentement. C'était pratique, du reste, parce qu'elle était nécessaire, cette lenteur, pour ne pas l'éveiller, et en même temps c'était bien, comme une longue sortie de l'onde opaque du drap, une longue émergence, les seins, d'abord, quoique ce ne soit pas la meilleure position, pour y revenir, comme je l'ai annoncé, mais j'ai bien regardé l'un des deux cercles bruns, larges, grumeleux, et la pointe au repos, douce, rétractée, quoique sans relief, avec comme ce poinçon au centre, cette ébauche de croix, cette sorte de synthèse endormie de mon envie de mordre, soudain, que je refrénais, puis je lui ai regardé l'estomac, je n'ai pas d'autre mot, sous la main, pour dire qu'Anne avait, oui, un estomac touchant, aussi touchant que son ventre, si touchant que j'ai même encore ralenti, à ce stade, laissé le drap sur son ventre, avec cette envie de poser ma main, bien à plat, je sentais sans la toucher la douceur et la finesse de la peau, à cet endroit, avec la trace plus claire des infimes plis qui trahissaient un commencement d'usure, ou de distension, et enfin le ventre, le ventre et tout de suite, plus vite, maintenant, le pubis, avec cette autre envie d'effleurer la toison, le symbole, l'abstraction pure, si proche de ce pur concret qu'elle annonce, concret en apparence, bien sûr, le sexe n'est concret que chez celui qui le découvre, c'est son sexe à lui qui est concret, sa réaction, puis très vite encore s'est imposée la nécessité de la recouvrir, cette femme, j'allais trop loin, trop loin dans l'expérience de la honte et de la maladresse, et pourtant elle n'avait rien senti, rien su, mon forfait resterait sans suite, sauf en ce qui concernait mon rendormissement, évidemment mal engagé. Si mal engagé que je me suis même mis à penser, une fois la lumière éteinte, à quelque chose qui avait un rapport, certes, mais pas absolument direct, avec tout ça, à savoir qu'il n'était pas revenu, ce type. Et qu'il pouvait revenir. Ou plutôt que, de mon point de vue, assez extérieur, c'est juste, mais après tout recevable, il risquait surtout de ne plus revenir. Et là, j'ai vraiment eu envie de l'éveiller. Et de lui dire dites donc, il ne reviendra plus maintenant. C'était bien la peine de me faire venir, moi. Qu'est-ce que je fais là, dans ce cas ? A quoi je sers ?

Et je me suis demandé. Je me suis demandé des tas de choses. Si par exemple elle n'avait pas eu envie de dormir avec moi, tout simplement. Quoique, me disais-je, une envie de dormir, même avec l'autre, ce ne soit pas grand-chose. Encore que si. C'est déjà pas mal, une envie de dormir avec l'autre. C'est peut-être un début. Ou une fin. Elle commence peut-être par la fin, avec moi. Est-ce bien encourageant pour la suite, me disais-je.

Je me suis aperçu comme ça que je lui en voulais moins. Parce qu'il n'était pas revenu. Et qu'elle dormait. Or, moi qui avais cru qu'elle dormait parce que je n'étais pas capable de la tenir en éveil, je me trompais. Je me trompais peut-être. C'était ce type, qui n'arrivait pas à l'éveiller, avec son absence. Tandis que moi, je confortais son sommeil. Et je me suis dit qu'elle l'oubliait. Qu'elle l'oubliait peut-être. Mais oui, bien sûr, me suis-je dit. C'est à ce moment qu'elle s'est éveillée.

Elle a tout de suite vu que je ne dormais pas,

c'était facile. Elle m'a demandé l'heure. J'ai dit quatre heures trente, il est tôt. Ou tard, plutôt. Je lui donne jusqu'à six heures, a-t-elle précisé.

J'étais mortifié. Je lui ai quand même dit, là, vous exagérez, il ne va pas venir à six heures, ou alors ce n'est pas un maniaque, c'est un insomniaque. Vous feriez mieux de vous rendormir. De toute façon, s'il vient avant six heures, je fais quoi, moi ? On n'en a pas tellement parlé, finalement.

Vous ne faites rien, a-t-elle dit. Il s'en va.

C'est vrai ?

Evidemment, c'est vrai.

J'ai senti que ça n'allait plus, là, de nouveau.

Qu'est-ce que vous voulez que je fasse, a-t-elle poursuivi, je ne vais pas vous renvoyer dans votre chambre. S'il vous trouve là, il s'en va. Il s'en va de lui-même.

Ah, ai-je dit. De lui-même.

Ben oui.

Et vous vous rendormirez de vous-même.

C'est ça.

Alors autant vous rendormir tout de suite, ai-je proposé.

Parce que vous pensez peut-être que je me suis éveillée exprès ? Vous croyez que je l'attends ?

Je n'en sais rien. Je ne sais pas ce qui se passe, quand vous dormez.

Je n'ai pas précisé qu'on ne se regardait pas, à ce moment. Sa voix venait encore du sommeil, elle se posait, elle a dit moi je le sais, ce qui se passe. Je sens comme une caresse. Comme le contraire d'une caresse, plutôt. Pas quelque chose qu'on me donne. Quelque chose qu'on m'ôte. Doucement. Je l'ai senti. Tout à l'heure.

Je suis resté silencieux. Je me suis tourné sur le côté, dos à elle.

Pardonnez-moi, a-t-elle dit.

J'ai répondu ce n'est rien, ce n'est rien, ce n'était rien, ce n'est pas votre faute si vous êtes mal, pas non plus votre faute si j'ai pris cette décision, de vous vouloir, ou de vous avoir, un jour, c'est ma décision à moi, vous n'y pouvez rien, et j'ai attendu qu'elle me touche. J'ai eu envie qu'elle me touche l'épaule. C'était un rêve, bien sûr. Elle a dit je suis mal placée pour vous en vouloir, d'ailleurs je vais dormir, maintenant.

Je me suis tourné vers elle.

C'est vrai ?

Elle dormait presque déjà. Je n'ai pas insisté.

C'est le matin seulement qui est venu, pas le type. Le matin tôt encore, sept heures, la place était vide auprès de moi. J'ai pensé qu'elle était partie, même si c'était de sa chambre à elle, après tout ce n'était qu'une chambre d'hôtel, elle pouvait aussi bien me quitter de ce lieu où elle m'avait fait venir, qui n'était pas chez elle, on n'était nulle part, ici. C'était juste parce que j'y avais dormi avec elle que c'était un lieu, et un lieu, je pouvais parfaitement m'y trouver seul. Mais non, elle était là, plus loin, invisible encore, enfermée dans la salle de bains, j'entendais le bruit de l'eau. Puis elle est sortie, toute prête, vêtue d'une nouvelle robe, elle aimait les robes, je les aimais sur elle, tout était parfait, de ce point de vue, il ne manquait plus grand-chose pour que je désespère vraiment, d'ailleurs elle avait l'air pressée, pas détruite par cette nuit d'attente, non, pressée, et un peu détruite quand même, c'est vrai, derrière son maquillage, mais un maquillage qui tenait, pas l'amorce d'une larme, rien, et donc elle n'a eu qu'à dire vous rentrez quand, aujourd'hui ? pour que je m'écroule, moi, c'était facile, j'étais couché.

Je me suis vu rentrer, en effet, sans elle, congédié, réexpédié, c'était la fin de l'histoire qui n'avait pas commencé, formidable, me suis-je dit, ce week-end, j'ai même encore le temps d'honorer mon rendez-vous avec Serge, si je ne traîne pas trop, je ferais bien de commencer tout de suite à chercher mes chaussettes, que j'ai laissées dans l'autre chambre, la mienne, oui, rassembler mes petites affaires et au revoir, c'était juste un entracte, un moment comme ça dans la vie qui va reprendre, ce sera pour une autre fois, avec une autre, dommage que je l'aime, elle, que je persiste à l'aimer, si seulement elle pouvait partir, maintenant, me laisser foutre le camp très vite et on n'en parlerait plus, et puis je ne sais pas pourquoi j'ai eu un réflexe, un sursaut, sans bouger du lit j'ai lancé pourquoi vous me demandez quand je pars ? Vous avez l'intention de m'appeler ?

C'était de l'espoir. On dit qu'il y en a toujours, c'est peut-être vrai, chez tout le monde. Et alors elle m'a répondu nous n'en sommes plus là, non ?

La glace est brisée, maintenant. Qu'est-ce que vous voulez dire ? lui ai-je demandé. Je veux dire, m'a-t-elle répondu, que vous êtes là, dans ma chambre, dans mon lit, et que vous parlez déjà de me quitter, or je ne vois pas pourquoi vous y seriez obligé, je vous demandais seulement quand vous comptiez rentrer, pour savoir.

Je ne comprends pas votre question, posée comme ça, ai-je dit.

Je ne suis pas très claire, c'est juste, a-t-elle reconnu. Mais ce serait peut-être bien quand même que vous sortiez du lit, finalement, ça me gêne, pour discuter.

Je me suis donc levé, pendant qu'elle s'occupait ailleurs, pour discuter avec elle. J'ai remis mes vêtements de la veille, exportés de ma chambre, la veille, en attendant d'y retourner, dans ma chambre, pour y prendre une douche et me changer. Quand j'ai été prêt, je lui ai signalé qu'elle pouvait se tourner, elle s'est tournée, elle a dit si on se retrouvait dans la salle du petit déjeuner ? Après votre douche.

J'ai dit d'accord. Rendez-vous dans une demi-heure. Et je suis sorti sans la saluer. Ce n'était pas la peine.

J'ai croisé le maçon dans un couloir. Je ne lui

ai pas demandé comment ça allait, j'aurais eu peur qu'il ne me réponde.

J'ai pris une douche, enfilé mon slip neuf, souvenir de mon shopping de la veille, j'ai fini de m'habiller en pensant à elle, qu'elle m'attirait, qu'elle tirait de son côté, comme j'ai dit, et que je venais, et que j'étais content de venir, mais aussi que je l'aimais peut-être moins, maintenant, ça dépendait un peu de son attitude, me disais-je, si elle me donne les bons moyens de la détester vraiment il faut voir, je veux bien essayer de l'exclure, cette femme, définitivement, bref, je suis arrivé dans la salle à manger dans un état d'esprit en demi-teinte, elle était là.

Elle avait aussi l'air de me cacher quelque chose. Elle était de plus en plus belle. Moins détruite que rageuse. Et silencieuse.

On s'est servi du jus d'orange, du café, on a fait circuler le petit panier de croissants, et j'ai vu qu'elle avait l'intention de me révéler ce qu'elle me cachait. On avançait, donc.

Je vais reprendre le train, a-t-elle dit. Celui de dix heures trente. Pour Rouen.

J'ai entamé un deuxième croissant.

Rouen, ai-je repris.

Elle s'est tue, puis elle a dit je ne rentre pas à

Paris parce que d'ici la fin du week-end j'ai décidé de rencontrer quelqu'un et que pour ça j'ai besoin de bouger mais ce ne sera pas vous.

J'ai dit ça m'est égal je vous ai rencontrée moi. Mais, ai-je ajouté haineusement – je ne me sentais pas si mal, à ce moment –, vous ne vous en tirerez pas comme ça avec le type de cette nuit. Vous vous doutez bien qu'il va vous faire souffrir.

Justement non, a répondu Anne. Il ne l'a peut-être pas compris, mais il a fini de me faire souffrir. Il m'a tuée. Je ne peux plus que renaître.

Elle avait une drôle d'expression. Une expression entre la mort et la renaissance, si on veut, j'ai envie de dire comme d'un sommeil prénatal, mais pas fœtal, tout semblait déjà très formé, dans son visage, j'ajouterais même accusé.

Je vous trouve optimiste, ai-je observé. Surtout sans moi.

Je plaisantais, bien sûr. Je souriais extérieurement pour qu'elle le sache.

Elle a souri aussi.

Nous n'avons pas d'avenir ensemble, a-t-elle dit.

Ça, ai-je remarqué, c'est plutôt pessismiste.

Je m'effondrais discrètement dans mon siège. J'ai fini le deuxième croissant avec une envie de vomir. Puis elle a dit et en même temps j'aimerais bien vous demander quelque chose.

Allez-y.

J'ai l'impression que vous me protégez. Que sans vous.

Mascotte, c'était un rôle que je n'avais jamais joué. Ou ange gardien. Ou ami. J'ai choisi, finalement. J'ai dit c'est un rôle de mascotte, que vous me proposez ? Vous voulez m'emmener avec vous pour que je vous porte chance, c'est ça ?

Moi qui l'avais trouvée si désemparée. Si douce. Je l'avais trouvée douce, oui. C'est le mot qui me manquait, la veille.

J'aimerais bien vous sentir pas trop loin, a-t-elle dit.

Pas trop loin comment ? ai-je demandé

Dans le même wagon.

Là, j'ai cherché d'autres mots. Elle m'a aidé.

J'ai honte, a-t-elle dit.

Elle a regardé sa tasse.

Moi aussi, ai-je dit.

Elle a levé le nez.

Je vais continuer, ai-je annoncé. Je vais continuer ce que j'ai commencé avec vous. Ça ne me fait pas seulement honte. Par moments, ça m'amuse presque. En tout cas ça m'occupe. Ça me fait mal.

Attendez.

Je préfère avoir mal, ai-je dit. Et puis je ne vous aime pas seulement, je ne vous déteste pas seulement. Vous me plaisez.

Pourquoi ?

Je vous trouve belle.

Vous pouvez me décrire ?

Sa question me semblait décalée, mais je manquais de distance, elle ne m'a pas fait spécialement honte, par rapport au reste.

Non, ai-je dit. C'est un ensemble. C'est votre visage. C'est vos yeux.

Et ma bouche ?

C'est aussi votre bouche. Je l'aime, maintenant.

Mais je vous plais comment ? m'a-t-elle demandé encore. Dites-moi quand même. Essayez. J'aimerais savoir.

J'ai senti le bonheur passer, chez moi, comme un oiseau rare, une espèce rapide, qu'on a peine à identifier, parce qu'il file au loin et ne se pose pas.

C'est difficile à expliquer, ai-je dit. C'est quelque chose qui grandit malgré tout. Vous me plaisez de plus en plus. Je crois que je m'habitue à vous. A ce que vous êtes. A ce que vous n'êtes pas.

Moi aussi, m'a-t-elle dit. Je m'habitue. C'est justement ce qui ne va pas. J'ai l'impression de vous connaître depuis des éternités. C'est très banal, ce que je vous dis, mais c'est ça.

Je n'ai pas répondu. J'ai pensé que ce n'était pas ce qu'elle disait qui était banal, mais ce qui était. Qu'elle se rapprochait de moi. Et que plus elle se rapprochait de moi, plus je m'effaçais. Il eût peut-être suffi qu'elle me touche, finalement, pour que je disparaisse.

C'est devenu une crainte. Je me suis même dit qu'on ne pourrait jamais faire l'amour, elle et moi. Que quand je la toucherais c'est moi qui tomberais en cendres. Que ce serait la fin. Vraiment.

Pas très gai, tout ça, ai-je songé. Pas très gai, ce voyage qui se prépare avec cette femme. Encore une chance pour moi qu'elle veuille que je me tienne à distance.

Et puis j'ai pensé au sac. J'ai pensé à lui proposer quand même de le porter avec elle, jusqu'à la gare. Qu'on soit ensemble jusque-là. Mais je ne l'ai pas fait. Je me suis d'ailleurs dit que les livres, peut-être, elle ne les emporterait pas. Qu'ils étaient liés à l'auteur, les livres. Qu'elle les laisserait. Et qu'alors son sac serait moins lourd. Et que ça aussi ce serait sans moi.

Vous n'allez donc pas rentrer, a-t-elle dit. Vous allez venir.

Qu'est-ce qu'elle voulait que je réponde, j'ai dit oui. On s'est mis d'accord là-dessus, non ?

Mais vous ne viendrez pas avec moi jusqu'à la gare, m'a-t-elle informé. J'ai absolument besoin de me sentir comme seule au départ de l'hôtel.

Comme seule, ai-je repris. Vous voulez dire pas seule.

C'est ça, oui, a-t-elle dit. J'ai besoin de me sentir seule.

Je n'ai pas insisté. Je me suis levé.

On se retrouve sur le quai ? ai-je dit. Je vous prends des billets quand même ? Pour le wagon.

Je vais vous donner de l'argent.

On verra ça plus tard. On va peut-être se revoir.

A Rouen ?

Ou ailleurs.

Elle m'a paru douter. Ou douteuse. Dangereuse. Fragile. Malgré tout.

Bon, a-t-elle dit. D'accord.

Donc on se retrouve sur le quai, ai-je conclu.

Je suis monté dans ma chambre. J'ai eu une sensation de force. Ça m'a aidé.

Je suis repassé devant l'hôtesse, en descendant. Je devais d'ailleurs lui régler ma note. Je me suis donc arrêté. Pour couper court à ses questions – muettes, bien sûr –, je lui ai dit que je partais. Ça vous a toujours un petit côté volontaire, de partir.

J'ai traversé la rue parallèle au parking et le parking. J'ai acheté les billets pour Rouen et je me suis demandé pourquoi Rouen, de son point de vue, puis je me suis dit pourquoi pas Rouen. C'était exactement ce que je m'étais dit, pour moi, à la gare Saint-Lazare. J'avais eu la chance de la rencontrer. Elle aurait peut-être la chance, elle aussi, de rencontrer quelqu'un. Je lui donnerais son billet, on s'installerait à distance, dans le même wagon, et quelqu'un s'adresserait à elle, un homme, un homme que j'imaginais quelconque, je ne voyais pas pour quelle raison elle aurait rencontré un homme extraordinaire en trois quarts d'heure, entre Gournon et Rouen. A moins qu'à Rouen, justement, elle n'eût la journée devant elle. Et je serais censé faire quoi, moi, en attendant ? La suivre ? Lui faire de petits signes d'encouragement au loin ? Je ne voyais pas bien comment tomber plus bas. Il faudra que je lui en parle, me suis-je dit. Savoir comment elle fera, dans ces conditions, pour ne pas me mépriser.

Et puis je me suis dit que ce n'était pas possible, qu'elle avait une autre idée de mon rôle. Ou qu'elle ne savait pas, en vérité, quel devait être mon rôle. Qu'elle me gardait en réserve. C'est ça, oui, ai-je songé. C'est peut-être remplaçant, qu'elle veut que je sois. Ce n'est pas une mauvaise place, remplaçant. Il faut être sélectionné, quand même. Evidemment, on n'est pas sûr de jouer.

Elle est arrivée avec son sac. Toujours aussi lourd, visiblement. J'ai considéré qu'on avait rendez-vous et qu'elle honorait ce rendez-vous. Disons que, par rapport à ses engagements, elle était fidèle. Dans son acharnement à m'utiliser, il y avait comme une constance. Et ça me touchait, ça. Cette constance. Cette honnêteté. Elle n'avait pas peur d'être froide, avec moi. Elle se sentait en confiance. Mieux. Elle s'impliquait. Elle édifiait ma rancœur, pas à pas, et je me suis dit qu'en un sens c'était peut-être moi qui la tenait, en fait. Qu'elle ne pouvait plus se passer de ma souffrance.

On s'est installés, comme à l'aller. Elle s'est placée de façon, m'avait-elle expliqué sur le quai, que je m'assoie assez loin devant elle. Pour que mon regard ne la gêne pas. Et que je sois là, donc. C'est son regard à elle, sur moi, en revanche, qui tout en la rassurant risquait de la gêner, mais je ne le lui ai pas dit, d'autant que je pouvais me tromper. Elle pouvait au contraire tirer profit de me voir. Et de me savoir sans regard sur elle.

Cela étant, je savais, moi, qu'elle n'avait aucune chance. J'ai vu les gens dans le wagon, en arrivant, et je n'ai identifié naturellement personne qui pût présenter un quelconque intérêt pour elle. Je me suis donc senti assez tranquille, à ma place, en me disant que l'étape sérieuse ce serait Rouen. On y serait vite, en plus.

Ça m'a quand même gêné de la savoir là, malheureuse, déçue, espérant je ne sais quoi, je ne sais qui, et je me suis dit au bout d'un quart d'heure qu'elle devait se rendre compte que ça n'avait pas de sens, tout ça. Qu'elle devait se morfondre, dans son siège. Que peut-être même elle avait envie de me rejoindre, finalement. Mais que ç'aurait été, de son point de vue, un échec, bien sûr. Et je ne voulais pas que cette femme vînt à moi avec son échec dans le regard. Je préférais son mépris, ou son indifférence.

C'est pour ça que je me suis levé. Non par révolte contre ma condition de misère, non. Mais j'avais des fourmis. J'avais follement envie de faire bouger cette situation minable, je parle pour elle, surtout. Non de la secourir, non. Mais de provoquer un choc. Ou, plus simplement, de faire une bêtise. Je me suis dit qu'en faisant une bêtise je ne pouvais que susciter une aggravation de mon cas, puisque, par ailleurs, je ne pouvais pas me trouver en position ascendante. Mais déchoir, à ses yeux, ça peut être intéressant, me disais-je. Tomber encore plus bas, finalement. La surprendre, en somme. Lui montrer que je ne suis pas totalement fiable. Mais faible, comme la vie. Je crois que c'est ça, que je voulais lui montrer, que la vie est faible, parfois. Ou le lui rappeler. Et que ça lui sonne dans la tête.

Je me suis dirigé vers elle. Je l'ai regardée me voir venir. Et c'est là que j'ai compris que la surprise était pour moi. Elle avait encore changé. A cause de la colère, dans son regard. Mais d'une colère qui ne m'était pas spécialement destinée.

Je crois qu'elle s'en voulait d'avoir fait un mauvais calcul. Ou d'être si mal, et que ça se voie. Son visage était grand ouvert sur l'échec, elle a dû se trouver obscène. Moi, j'ai décidé de faire le malin, mais sans triompher, il n'y avait pas de raison, d'ailleurs. Elle ne s'ouvrait pas à moi. Je la surprenais ouverte, ouverte comme j'ai dit, c'est tout.

On ne s'est pas déjà vus quelque part ? ai-je plaisanté en parvenant à sa hauteur.

Je voulais détendre l'atmosphère, en même temps.

Elle a soupiré.

Je peux m'asseoir ? ai-je dit. La place est libre.

Il n'y avait personne non plus sur les sièges d'à côté, au-delà de la travée.

Elle s'est poussée, inutilement. J'ai juste eu à débarrasser de son sac le siège à côté du sien. Je me suis assis.

Vous ne lisiez pas ?

Elle a regardé par la fenêtre. On suivait la Seine.

C'est la vie qui m'intéresse, pas les livres.

Mais vous lisiez, ai-je dit. Vous lisiez, aux temps chauds.

Mon ironie, ce n'est pas ce qu'elle préférait, mais j'ai senti que ce n'était pas grave.

Les livres parlent de la vie, a-t-elle expliqué.

Alors vous les avez emportés quand même, ai-je dit.

Je n'arrive pas à jeter.

C'est comme moi.

Elle s'est tue.

Vous n'arrivez pas à me jeter, ai-je dit.

Elle m'a regardé comme si j'étais quelqu'un.

Je m'attache. Je n'arrête pas de m'attacher. Je m'attache à vous. Vous le savez.

Oui. Mais, ai-je dit, j'ai cru comprendre.

Vous avez bien compris. Ça ne change rien. Je m'attache. J'accumule. L'homme de cette nuit non plus, je ne l'oublie pas. J'ai même l'intention de le revoir. Quand je ne l'aimerai vraiment plus, je le reverrai. Je le reconquerrai, alors. Ce sera plus facile. Moins intéressant, mais plus facile.

Qu'est-ce que c'est, votre problème ? ai-je demandé.

Elle n'a pas paru surprise par ma question, je crois même qu'elle l'attendait, qu'elle avait envie de l'entendre, sonore, portée par une voix d'homme. Qu'elle commençait à avoir envie de se plier à quelque chose.

Comme j'accumule, m'a-t-elle expliqué, comment dire. Voilà que je ne trouve plus mes mots, ça recommence. (Elle mettait sa main devant sa bouche, comme pour recueillir les mots en question, telles des arêtes.) Mon bagage augmente. Dans la vie. C'est de plus en plus lourd. Je m'alourdis. Comme mon sac. C'est comme si j'avais du mal à me déplacer. D'où ce besoin de reprendre le train, peut-être. Mais je me force. Je me sens chargée. Je suis fatiguée, Frank.

Ne pleurez pas, ai-je dit. N'allez pas vous mettre à pleurer, je suis là. Je ne me sens pas lourd, moi. C'est tout le contraire. Je m'allège. Je perds tout, depuis longtemps. Je me déleste. Je désapprends. Et à force que rien ne se passe, c'est comme si chaque fois tout devenait possible. La souffrance est tellement derrière moi, toujours, que je n'arrive plus à l'imaginer. Même quand elle est là, qu'elle revient, c'est comme si c'était un passage. Je vois devant. Loin. J'avance comme sur un nuage et je ne tombe pas parce que je me sens léger au-dessus du malheur, je le domine, le malheur, c'est lui qui tombe. C'est mes cailloux à moi, le malheur. Mais c'est comme si je ne repassais jamais par le même chemin. Mon cœur est douloureux et vide et ouvert. J'ai plein de place. Je me sens léger.

Elle a regardé ses genoux. Moi aussi.

Je vous aime bien, a-t-elle dit. Je ne sais pas ce que vous pouvez faire.

Je vous déteste souvent, ai-je dit. Je vais vous prendre la main.

Elle a eu l'air apeurée. Je lui ai pris la main. Avec celle qui lui restait, elle s'est caché le visage.

Vous m'aimez ?

J'avais bien entendu.

J'ai dit oui.

De quelle façon ?

Elle murmurait.

Jusqu'au besoin, ai-je dit. Au besoin de prendre votre main. Ou de vous toucher l'épaule. Ou de m'approcher.

Approchez-vous.

Je ne peux pas, ai-je dit. Ma cuisse touche déjà la vôtre.

Votre bras autour de mon épaule, a-t-elle dit.

Elle ne bougeait pas.

Il faudrait que vous penchiez un peu la tête, ai-je dit.

Elle l'a penchée. J'ai passé mon bras. Ma main cherchait quelque chose à toucher de l'autre côté de sa petite personne recroquevillée, sans nerfs, éteinte. Or elle était dans le vide, ma main, à moins de la ramener vers son bras ou vers son sein, en haut, vers la naissance. J'ai préféré retirer mon bras. Je l'ai glissé en biais derrière son dos, je lui ai pris la taille. Là, je l'ai sentie. Je l'ai tenue serrée, sa taille. Puis j'ai eu envie de la lui reprendre. Ma main bougeait.

Touche-moi, a-t-elle dit.

Je la touchais déjà. Je ne savais pas quoi faire.

Touchez mon ventre.

J'ai posé ma main sur son ventre.

J'ai besoin de vous embrasser, ai-je dit.

Je me suis avancé. Elle s'est détournée.

Caressez-moi.

Non, ai-je dit. Embrassez-moi. Embrassez-moi d'abord.

Caressez-moi, a-t-elle dit. Caressez-moi d'abord.

Ça devenait la guerre. J'ai engagé ma main sous sa jupe. Je l'ai touchée.

Je ne vous aime pas, a-t-elle dit. Mais j'aime votre main. Vous aimez me toucher.

Ça me semblait évident. Au reste, j'ai été sensible à l'encouragement. J'ai continué. Je ne l'aimais pas non plus, à ce moment. Je lui obéissais. Je la pénétrais. De temps en temps, je vérifiais qu'on ne nous voyait pas. C'est elle qui était plutôt en position de le faire, moi j'étais tourné vers elle, c'est-à-dire vers la fenêtre. Mais elle ne semblait se rendre compte de rien, je devais être pudique pour deux. Elle me donnait des preuves tangibles de son plaisir, et, au bout d'un moment, de nouveau, je n'ai plus su quoi faire. Tenez-moi de partout, a-t-elle dit.

J'ai obéi. J'ai fait ce que j'ai pu. Je lui ai parlé à l'oreille rudement, assez bas, plutôt dans l'oreille, en fait, je ne sais pas si elle entendait bien, enfin moi ça m'aidait. J'ai même pensé à lui demander de me toucher aussi, et puis je me suis dit que ça allait la distraire. J'ai préféré la tenir. Je la dominais d'une tête, ma bouche était très loin d'elle. Je la tenais de partout, des deux mains, elle cherchait à se réfugier au creux de mon épaule, mais je la repoussais, je préférais qu'elle jouisse seule. Que ce soit net.

Ça l'a été. J'en ai profité pour l'embrasser. Elle s'est laissée faire. J'avais arrêté de la toucher. Je lui ai pris le visage, je sentais son odeur sur mes mains, elle devait la sentir aussi, j'avais l'impression que tout le wagon savait qu'elle et moi, le type, là, moi, donc, et la fille, là, près de la fenêtre, elle, et je me suis dit qu'au moins aux yeux de quelques-uns ça n'avait pas échappé qu'on formait un couple, et ça aussi ça m'a aidé, mais pas assez, j'ai eu besoin de son avis.

Anne, ai-je dit.

Je crois qu'on arrive, a-t-elle dit.

C'était vrai. On entrait en gare de Rouen.

Qu'est-ce que je vais faire de tous ces livres ? a-t-elle demandé.

Comme si je venais de lui faire perdre le goût de la lecture. Elle exagère, ai-je songé.

Gardez-les, ai-je suggéré. Je vais vous aider, pour votre sac. Votre robe est un peu froissée.

Elle l'a lissée. J'ai dit au fait, pourquoi Rouen ?

J'avais un peu de place pour la curiosité, j'en profitais, ça pouvait aussi bien ne pas durer.

Parce que c'est sur la ligne.

Ça se tient, ai-je observé.

Il y a une autre raison, a-t-elle ajouté, puis, comme on se levait, elle s'est tue. On est descendus. Des gens nous ont regardés. On s'est retrouvés sur le quai avec le sac. On a pris chacun une anse. Elle s'est dirigée vers la sortie.

Je ne la suivais pas, je l'accompagnais. Je lui ai demandé si elle allait me quitter au bout du quai, mais ça ne me paraissait plus trop possible. Je voyais de l'amour, dans tout ça. Beaucoup de désordre, sans doute, mais un peu d'amour. Je ne plaisantais pas, dans ma tête.

Non, a-t-elle dit. Je ne vous quitte pas. Je vous emmène chez ma sœur.

Elle m'a expliqué.

Elle avait bien une sœur, donc. Elle ne m'avait menti qu'à moitié, au cours de notre trajet vers Gournon. C'est justement parce qu'elle avait une sœur qu'elle m'en avait parlé. C'était plus simple.

Elle ne pensait pas du tout la voir, sa sœur, ni à Gournon ni à Rouen. Elle ne pensait pas non plus la voir quand elle avait pris la décision de se rendre à Rouen. C'est après. Une fois qu'elle avait été seule dans le train. Elle avait décidé de rencontrer un homme, un homme pour elle, et de le présenter à sa sœur, à Rouen.

Et maintenant, cet homme, c'était moi.

Elle me déroutait, cette femme. J'ai donc eu la sensation que ça allait un peu vite, pour elle, d'une part, pour moi, de l'autre. Mais enfin elle s'était pliée à mes caresses, et je me suis dit que je pouvais bien me plier à son sens de l'urgence et de la famille. Je gauchis le trait, bien sûr. Je ne comprenais rien. Je me suis demandé si elle m'aimait un peu. Je me suis demandé ce qui se passait avec cette histoire de sœur qui se mettait à exister, maintenant. Presque à notre place. A la mienne, en fait, au moment que je me la creusais, cette place. Et j'ai pris peur.

En même temps, c'est ce que je me répétais, je l'avais tenue. Elle m'avait demandé de la tenir. Et sa jouissance aussi, je m'en souvenais. De son côté, elle avait l'air également de s'en souvenir. Elle redevenait douce. Le sourire, les yeux. J'avais l'impression qu'elle commençait à m'aimer. Vraiment. Ou qu'elle l'avait décidé. A force. Ou que ses lunettes lui servaient à voir, enfin. Quel homme j'étais. Capable de quoi. Elle avait dû finir par le sentir.

C'est ce que je me disais. Cependant, toute douce qu'elle redevenait, elle continuait de m'expliquer. Que, si l'homme qu'elle avait l'intention de présenter à sa sœur, c'était moi, c'était à cause de l'amour. Du mien. Parce que je l'avais touchée. J'ai souri. Elle n'en était pas à me faire une déclaration. Elle reconnaissait seulement les faits. Honnête, me suis-je dit. Je me l'étais d'ailleurs dit depuis le départ. Sauf qu'au départ, bien sûr, ça ne pouvait pas être moi, puisque c'était ce type, à Gournon. Qu'elle n'aurait jamais présenté à sa sœur, du reste. Ce n'était pas le genre. Il ne serait jamais venu, lui.

Lui, n'est-ce pas, dont nous portions le sac, elle et moi, parce que c'était son sac à lui, en fait, c'était le bagage qu'il lui laissait, avec tous ces livres, les siens et les autres. Et qui nous séparait, ce bagage, maintenant. Je ne pouvais pas lui prendre la main, moi, à Anne. Ni même elle, si elle avait voulu. J'aurais pu évidemment le porter seul, son sac, mais, je l'ai assez dit, il était lourd, et j'aimais bien cette idée d'entraide, de partage. Et puis, le poids de cet homme, dans sa vie, j'avais déjà aidé Anne à le porter.

J'ai continué. Je continuais. Mais ce n'était plus pareil. Je me sentais moins seul, moins sans elle. Cette femme, qui voulait prouver quelque chose à sa sœur, et qui m'utilisait notamment à cette fin, avait vraiment besoin de moi. Elle voulait peut-être aussi se prouver quelque chose à elle-même. Qu'elle aimait, par exemple. Moi, par exemple. En tout cas, elle me trouvait présentable, à sa sœur. Et je me suis dit que si elle décidait comme ça de me présenter à sa sœur c'est que peut-être elle croyait en moi, à savoir en elle, à travers moi. Et alors, au lieu de continuer à me demander pourquoi elle avait décidé de me présenter à sa sœur, et de me poser mille questions, sur l'importance de sa sœur, pour elle, dans l'absolu, j'ai pensé à l'inverse que, si elle allait me présenter à sa sœur, c'était une preuve.

Je l'ai bien prise, en somme, cette présentation. Evidemment, j'avais moins envie de voir sa sœur, maintenant que je l'aimais, elle, Anne. D'autant que peut-être elle m'aimait aussi ou commençait ou décidait de m'aimer. Bien entendu, j'étais quand même curieux, maintenant, de rencontrer sa sœur.

On a marché un peu dans Rouen, avec le sac. Je lui ai demandé le nom de sa sœur qui habitait dans le centre, on passait sous l'arcade du Gros-Horloge, à ce moment. C'était un peu pour dire quelque chose. En fait, j'avais l'impression d'arriver quelque part, avec elle, dans cette ville, avec son odeur sur mes mains, et je me fichais pas mal de sa sœur. Je voulais garder le contact.

Mais c'est ce sac qui me rendait timide, je crois. C'est fou ce que ça peut réinstaller comme distance, un sac. Moi, j'avais quand même envie de lui rappeler, fût-ce discrètement, qu'on était ensemble, qu'elle ne s'était pas laissée toucher comme ça, par dépit. J'avais cherché son regard, qui me quittait trop souvent, à mon goût, depuis dix minutes, et je n'avais trouvé que des mots. Les miens, seulement. Et des mots de rien, concernant le nom de sa sœur, donc. Elle n'avait plus qu'à me rendre un nom propre, ça ne la compromettait pas beaucoup.

Aube. Bon. Je lui ai dit je vous trouve toujours bizarre, mais je vous aime toujours. Et maintenant je vous désire.

Moi aussi, a-t-elle dit. Maintenant, je vous désire.

Elle n'était pas très loin de l'amour, là. Elle baissait la tête. Jamais trop tard pour qu'une pudeur s'installe, ai-je songé.

Je préfère qu'on ne parle pas de ce moment dans le train, a-t-elle dit. Qu'on n'en parle plus.

Je vous veux quand même.

N'allez pas trop vite.

Je peux attendre.

Je parlais de l'amour, bien sûr. Mais je préférais la prévenir. Au cas, assez improbable, où elle aurait pensé que ça passerait, chez moi. Je préférais la mettre en confiance. Sans confiance, on n'arrive à rien, me suis-je dit. C'est la clé de tout.

Elle habitait rue des Carmes, sa sœur, entre deux maisons à pan de bois. Anne a dit c'est là, je ne sais pas si elle est chez elle, je n'ai pas téléphoné.

J'ai pensé qu'effectivement sa sœur n'était peut-être pas là à l'attendre. Mais, comme Anne marchait à l'impulsion, je ne voyais pas pourquoi elle s'en serait souciée.

C'était au troisième sans ascenseur. On se trouvait aux environs de midi, sur un palier sombre avec des vitraux qui n'éclairaient que les marches, à mi-étage. L'immeuble était silencieux, comme mort. J'ai pensé que personne n'habitait là, que c'était un décor, qu'Anne elle non plus n'existait pas, et qu'à la fin de cette histoire ne me resterait que le sac, avec les livres. Avec l'histoire quelque part, dedans, qui sait, que je pourrais lire. Ce serait mieux que rien.

Anne a sonné. On a entendu des bruits de pas, et je me suis dit que sa sœur, Aube, nous attendait depuis toujours. Que c'était le contraire, donc. Que tout était prévu depuis le début. Que ça arrivait. J'ai rajusté mon col.

Allez, me suis-je dit, c'est la vie, tout bêtement.

La femme qui nous a ouvert, du reste, était bien sa sœur, on ne pouvait pas se tromper. Elle n'était même pas plus grande qu'elle, ni plus petite. Elle était à peine plus belle. Les mêmes cheveux. Le même visage, le nez un peu de travers, avec quelque chose en plus qui venait du regard, une aisance. Le même âge, bien sûr. Normal, quand visiblement on est né le même jour.

Mais pas du même œuf, me suis-je dit. Pas du même œuf.

Je ne me suis pas démonté. Des Anne, j'aurais pu en affronter une dizaine, maintenant. J'ai dit bonjour quand ç'a été le moment. Je te présente Frank, a dit Anne.

Aube m'a serré la main. Elle ne semblait pas vaguement surprise, comme on aurait pu s'y attendre, elle semblait extrêmement surprise. Elle n'en revenait pas. Je l'ai sentie gênée. Elle était également surprise de voir sa sœur. Elle ne s'est pas montrée aimable. J'ai juste compris qu'elle n'avait rien à refuser à sa sœur, a fortiori de la voir. Elles étaient proches. Aube a dit j'allais partir, mais tu peux rester. Vous voulez boire quelque chose ?

Anne n'a pas dit non. Aube n'allait pas partir tout de suite, je l'ai senti. Elle m'a dévisagé en sortant des verres. On a bu. Elles ont parlé de leur mère, toutes les deux. Aube ne portait pas de lunettes, c'était une autre différence, à part le regard. Le regard sans lunettes, chez les deux femmes. Elle était vêtue avec goût, prête à partir. Je crois que si elle restait un peu, ce n'était pas seulement pour sa sœur, c'était pour moi. Elle cherchait à revenir de son étonnement. Ou plutôt, m'observant, il semblait qu'elle s'installât dans la surprise. En gros, je n'avais pas l'air de convenir. Elle prenait le temps de s'en convaincre.

En tout cas, elle existait. Et le fait qu'elle me regardait comme une espèce en voie de disparition, à protéger de toute urgence, tout en la rendant à son espace naturel, la rue, donc, la faisait exister plus fort encore. La surprise, le refus de me considérer sérieusement lui donnaient un relief qu'Anne semblait, elle, perdre à son contact, comme si, des deux, l'une, bien réelle, considérait la vie avec distance, tandis que l'autre, moins pertinemment présente, eût tenté de garder forme. J'ai eu envie d'aider Anne, à ce moment, je ne pensais pas à moi, au fait que pour sa sœur je menaçais de n'être rien, non, j'ai eu surtout peur pour Anne. Qu'elle disparaisse, comme moi. Mais j'ai vu qu'elle ne voulait pas, qu'elle luttait, qu'elle luttait pour l'existence, la sienne, face à cette femme dont j'avais cru qu'elle n'existait pas et que ce n'était qu'un mensonge.

Ça m'a touché, son effort. Je ne l'en ai aimée

que davantage, je crois, c'était encore possible, à ce stade, je ne lui avais pas tout donné.

Comme on buvait, et qu'Aube, très belle, très élégante, affectait de s'impatienter tout en restant là, cultivant cette impression d'étrangeté où je persistais à la plonger, je l'observais moi aussi en allant maintenant de l'une à l'autre, et je constatais qu'Aube, en effet, était probablement plus accomplie qu'Anne, dans sa vie, et sans doute plus heureuse, quoique peut-être dangereusement, pour elle, dangereusement heureuse, et je me suis dit que, si sa fragilité se voyait moins, elle était réelle, mais je n'avais que faire de sa fragilité, j'avais déjà à m'occuper de celle d'Anne. D'autant que la fragilité d'Aube, derrière son aisance, ne l'empêchait pas de considérer Anne, et pas seulement moi, de façon critique. Car elle revenait vers sa sœur, maintenant, l'étonnement qu'elle me réservait se traduisait auprès d'elle en mots, comme si, bien qu'elle n'eût su l'exprimer, il lui était au moins possible de lui parler, à elle, de dire n'importe quoi pour garder un lien, ou pour le ronger. En tout cas, après avoir évoqué leur mère, un frère, un conflit dont je n'ai pas saisi les ressorts, elle a dit qu'elle allait nous laisser, maintenant. Est-ce que tu dors là ce soir ? a-t-elle demandé. Et là, j'ai vu qu'Anne reprenait vie, elle a dit non, on va rentrer, et j'ai regardé Anne, elle me regardait, puis Aube, elle m'a regardé, elle a dit alors si je ne vous revois pas au revoir, et elle m'a tendu sa main, et j'ai pensé que pour les présentations, c'était fait.

Aube a embrassé sa sœur, elle est partie. Tu prends le jeu de clés, a-t-elle dit. Je me suis retrouvé seul avec Anne qui n'était pas très loin de son sac, elle l'avait posé à ses pieds dans le salon. On était debout, tous les deux, et le sac n'était plus entre nous, et puis on était dans une maison, j'ai pensé que ça nous changeait de l'hôtel. J'ai eu envie de me rapprocher d'elle. Mais je ne me suis pas rapproché d'elle. J'ai attendu qu'elle décide. Elle était seule avec moi dans la maison de sa sœur, là, et, depuis que sa sœur était partie, je la sentais mieux. Elle s'est assise. Difficile de l'aborder comme ça, me suis-je dit. Enfin, moins facile que debout. Je ne voulais pas me pencher sur elle. Je me suis mis dans le fauteuil en vis-à-vis et on s'est regardés. On n'a d'abord rien cherché d'autre à faire, on se regardait, et j'ai eu l'impression qu'Anne tentait de s'habituer à moi, contrairement à ce qu'elle m'avait dit. Comme quoi elle me connaissait trop, déjà. Elle ne me connaissait pas. L'étrangeté où j'avais plongé sa sœur, c'était comme si elle la découvrait, à son tour, et qu'elle s'étonnait, maintenant. Mais qu'elle s'étonnait de tout, aussi bien. De moi, de la situation, d'elle-même.

Elle revenait de loin, je pense. Je l'ai laissée faire. Surtout ce cheminement, premier chez elle, de l'indifférence au désir. Le temps que ça pouvait prendre, de refaire un tel parcours. Elle l'a pris. Je le voyais à son air, de temps à autre elle fermait les yeux pour savoir. Elle les rouvrait, je ne la quittais pas du regard. Je ne voulais pas lui laisser de marge. Je n'aurais plus rien fait pour l'avoir, surtout pas m'absenter. J'étais là, j'étais tout entier là, ce n'est pas parce que je serais parti qu'en revenant j'aurais été davantage ce que j'étais, un homme qui ne jouait pas, de toute façon. Je ne jouais pas, j'attendais. Fragilement. Elle pouvait me casser.

Je ne suis pas chez moi, a-t-elle dit.

Je me suis levé. Faiblesse de cette femme, me suis-je dit. Comme elle proteste. Comme c'est doux. Je me suis penché sur elle. Je n'avais absolument plus peur. Elle, si. Elle respirait, courtement. C'était ce chemin qu'elle venait de faire. Le temps, donc, qu'elle avait pris pour me rejoindre, la peine. La fatigue. C'était exactement comme si elle était arrivée, et qu'elle fût à bout de forces. Pas le courage de se lever. Rendue, vaguement craintive, à moins d'un mètre de moi. Je devais faire le dernier pas.

Je l'ai embrassée. Elle s'est laissée faire, ce n'était pas trop difficile. Elle pouvait même réfléchir encore, je ne la brusquais pas. Mon baiser restait doux. Elle avait l'air un peu étonnée de ce qui se passait quand même. Pas exactement là où elle était, comme si elle venait encore, lentement. Je l'aidais, elle devait comprendre que ce n'était rien, qu'il s'agissait d'accepter, c'est tout, pas de se représenter les choses de façon précise. Je l'ai levée. J'ai espéré qu'elle tiendrait sur ses jambes. De toute façon, je la voulais debout, face à moi.

Elle ne s'est pas montrée très active, c'est normal, quand on arrive de voyage. On pose son sac, oui. On se déchausse. C'est d'ailleurs ce qu'elle a fait. Retirer ses chaussures. De la pointe du pied. Elle est descendue d'un cran. Evidemment, j'ai été pris de court, je ne pouvais plus la laisser debout, là. Il est impoli, ai-je songé, de laisser une dame debout sans chaussures. Je l'ai donc allongée par égard. J'ai juste eu à trouver la chambre, d'instinct. Ça ne me convenait pas trop, en fait, parce que je ne voulais pas être sur elle. Je ne voulais pas être un poids. Et puis je voulais qu'on se rencontre. Partager. Il fallait seulement que je la délasse.

Je me suis montré très tendre. J'étais content d'en être capable. J'entends que je me croyais passionné, moi, trop passionné pour être calme. Or non, j'ai été gentil. Je lui ai caressé le cou. Elle, allongée sur le dos, moi, à côté, en appui sur un coude. J'ai eu un petit problème avec mes vertèbres, ça s'est coincé, à un moment, ce sont des positions délicates pour moi, depuis quelques années. Pour le reste, ça va, mais c'est quand je suis sur le côté. Bref. Je me suis repris. J'ai passé ma main dans ses cheveux. Je l'ai embrassée sur une joue. Puis sur les lèvres, du bout des miennes.

Elle a passé sa main derrière mon cou. Allongée, comme elle l'était, ça lui était facile de m'attirer. Je suis venu un peu sur elle, donc, on était habillés encore, j'avais juste enlevé moi aussi mes chaussures, ne serait-ce qu'à cause du couvre-lit. Je n'étais pas chez moi. Elle non plus. On était ailleurs, tous les deux, même si elle était un peu en famille, aussi.

Je ne suis pas resté longtemps sur elle, je voulais la sentir mieux. J'ai glissé sur le côté et c'est moi qui l'ai attirée vers moi, cette fois. On était sur le flanc, face à face, maintenant, comme je voulais. J'ai posé mes mains sur ses fesses, assez naturellement, je me sentais en confiance. Elle aussi. Je l'avais bien dans les bras, comme ça. Enfin, pas exactement dans les bras, parce qu'une main sur les fesses, l'autre sur sa taille, l'avant-bras passé dans le creux de ses reins, ce n'était pas exactement dans les bras, c'était déjà une caresse, je dis déjà à cause de la première main, donc, qui s'est remise à bouger, comme dans le train.

J'avais aussi son visage dans le mien, je me suis un peu reculé, pas trop, pour la voir, j'avais besoin de ses yeux. Et qu'elle sache ce que je lui faisais, qu'elle le voie dans mon regard. Et qu'elle voie aussi l'amour. Que c'était à la fois la même chose, rencontrer son regard et l'aimer, et la caresser, et en même temps non. Parce que physiquement, quand ça se précise, l'amour devient de l'abandon, ce n'est pas exactement pareil. Par exemple on ne pourrait pas écrire une lettre, à l'autre, ou un poème. Ça devient difficile de se dire c'est elle, et de la considérer comme un objet. Il n'y a plus d'objet, d'objet aimé. Il n'y a plus que deux corps, les têtes sont ailleurs, chavirées, on perd l'esprit de synthèse. Alors même que, face à l'autre, justement, couchés sur le côté, ainsi, une main qui caresse, un regard qui voit, une bouche qui embrasse, c'est comme si on avait tout. Mais non. On n'y arrive pas. On ne possède rien, ni personne. Même la caresse, rien que la caresse, c'est sans fin. Dans l'idéal, il faudrait jouir. Pour que l'amour se recompose, après.

On n'en était pas là, bien sûr. Sa robe, l'épaisseur du tissu me gênait. Je ne la sentais pas assez. Je suis allé en chercher le bas, de cette robe, assez loin, j'ai quitté un instant son visage. Ensuite, ç'a été mieux. En la haussant, sa robe, je me retrouvais à sa hauteur, mon bras n'était plus en extension, ma main remontait lentement le long de sa cuisse. C'était beaucoup mieux, oui, parce que maintenant j'avais le temps et le confort. Et pour elle aussi. Il fallait juste envisager qu'elle décolle un peu sa hanche du matelas pour faire passer dessous le gros de la robe, de façon que ma main puisse aller librement, sur sa cuisse, et prendre le temps de remonter, mais sans cette contrainte, donc, de la robe coincée sous elle, ou jusqu'alors ma main demeurait partiellement prise, quand, n'est-ce pas, il lui fallait prendre.

On en est donc venus assez vite à cette phase, la robe relevée, ne restait que la culotte, ce qui n'est pas grand-chose, enfin ça dépend, en tout cas le modèle qu'elle portait ne posait pas de problème, je l'avais déjà remarqué dans le train, elle l'avait choisie une taille au-dessus, à la limite je n'avais pas besoin de la lui ôter, mais de toute façon on n'en était pas là non plus, on pouvait le prendre, le temps, maintenant, nul train ne nous attendait et je n'en étais encore qu'aux cuisses, et d'ailleurs je l'embrassais, dans le cou, cette fois, je l'avais quittée du regard, de nouveau, elle m'a dit vous êtes là ?

J'ai dit oui, je suis là, je vous désire et je vous aime, je ne vous oublie pas quand je vous touche, enfin j'essaie, ça n'est pas facile, vous m'excitez beaucoup, vous pourriez très bien être quelqu'un d'autre, mais justement c'est vous et ça me trouble, ça me trouble terriblement que vous m'excitiez comme ça alors qu'au départ je vous aime.

Je continuais à la caresser, bien sûr, en lui parlant, je ne voulais pas lâcher prise. Je pensais à ses fesses, que je n'avais jamais vues encore, seulement touchées, et je me disais que c'était incroyable, une telle richesse, de tels atouts, je n'en demandais pas tant, moi, sans compter qu'en manière de pause je me suis dit qu'il serait peut-être intéressant, pour moi comme pour elle, du reste, que je me consacre un peu à ses seins, puisque aussi bien je les avais en face, jumelés dans le discret décolleté de la robe. Alors je les ai embrassés, tandis que ma main remontait toujours vers les fesses, je n'ai pas dit que je les oubliais, hein, ses fesses, c'était une manière d'être fidèle, déjà, je crois, ce cumul, cette façon de ne pas tromper une femme avec une partie de son corps, aux dépens de l'autre, mais tout prendre, oui, quand c'est possible, bien sûr.

Ses seins, donc, il était à peu près fatal qu'ils en vinssent à paraître, entiers, sortis de la robe, à l'exacte portée de ma bouche et de la main que j'avais libérée, et que je m'en souciasse, que je les circonvinsse, que je les palpasse, songeant que c'était presque trop, maintenant, cette femme, trop d'atouts en plus de l'amour, ou bien peut-être ai-je de la chance, me disais-je, et ça ne se mesure pas, la chance, c'est un bloc, et donc cette femme a des seins beaux comme dans tes rêves, fuselés, parfaitement proportionnés, même pas trop gros, et certes ça t'est égal, les petits seins te conviennent parfaitement en temps ordinaire, tout ça n'a pas d'importance, mais bon, tu ne vas pas jouer les puristes, non plus, il faut que tu acceptes que cette femme que tu aimes a de beaux seins, des fesses merveilleuses, le bonheur n'arrive jamais seul, me disais-je, il vient en nombre, il amène ses amis et c'est la fête, pour une fois que tu sors de chez toi profites-en donc, imbécile. Imbécile, me disais-je, car, bien sûr, je ne me sentais pas à la hauteur, de toute cette beauté, en dépit de ma confiance, et je demeurais nettement en deçà de mes espérances, d'un point de vue effectif, freinant devant trop d'attraits, considérant mon émoi avec circonspection, éprouvant le besoin de voir tout ça d'un peu loin pour me persuader que c'était vrai, puis me reprenant, reprenant cette femme, conscient que je ne pouvais pas la lâcher maintenant, ne voulant pas, me concentrant de nouveau sur mon plaisir, sur le sien, abordant ses fesses avec méthode, d'abord l'une, par le galbe, puis les deux, par leur jonction, précisant ma prise, puis réfléchissant, soucieux de sa jouissance, ma main venant vers l'entrejambe, touchant tout, et, instruit que j'étais par son abandon dans le train, la laissant venir, respectueusement. C'est après seulement que je suis entré en elle, puisque en principe ça finit comme ça, me disais-je, et que pour la première fois ça n'est pas plus mal de finir, on ne se connaît pas encore assez pour s'offrir le luxe d'y surseoir, d'autant que j'en avais envie aussi, moi, d'entrer en elle, et j'ai même joui assez vite, je crois que là-dessus on était d'accord. On a fini dans les bras l'un de l'autre, je crois qu'elle était contente. Moi, j'étais bien. Je l'aimais peut-être un peu moins qu'avant, mais pas beaucoup moins. C'est parce que j'étais tranquille, je pense. J'étais calme.

Ç'a été moins tranquille ensuite, parce que je me suis aperçu que je l'aimais vraiment. Et même que je la désirais encore. Ça me soûlait un peu, cette idée que ça allait être sans fin, avec cette femme. Et qu'elle se laisserait porter, maintenant, et que je ne doutais pas que je la porterais. Je me sentais lourd de son poids, agréablement lourd, avec cette sensation, nouvelle pour moi, que je touchais le sol. Que la pesanteur, l'attraction universelle enfin prenait à mes yeux sens, attiré que j'étais en réalité par elle, lesté que j'étais par l'amour.

J'ai éprouvé aussi la sensation de vaincre. Je me suis senti fort, et j'ai su que je l'étais. Anne à mes côtés avait l'air moins à l'aise, sans doute, elle se faisait lentement à l'idée de me choisir, songeuse, j'imagine, au creux de mon épaule. Une main timidement posée sur mon ventre, elle respirait, au bord d'un sommeil qui commençait de lui manquer. Je lui ai demandé si elle voulait dormir, elle m'a répondu non, j'ai plutôt faim, en fait. Elle s'est doucement décollée de moi et elle s'est levée sans m'embrasser, je l'ai noté, pour se diriger vers la cuisine. Je n'ai pas bougé. J'avais faim aussi, j'aurais voulu l'emmener au restaurant. J'ai bougé, finalement. Je me suis levé. Elle avait une main sur la poignée du frigo quand je l'ai rejointe. Elle a sursauté.

Je lui ai dit attends tu ne veux pas que je t'emmène déjeuner dehors ?

Je ne sais pas ce qui l'a gênée davantage, de mon intrusion dans la cuisine, derrière elle, ou de mon invitation.

J'ai pensé aussi que ça pouvait être sa nudité. J'ai détourné discrètement mon regard, mais je crois qu'elle a senti que ma proposition était franche. Elle semblait apeurée, comme dans le train, quand je l'avais menacée de mon désir.

Dès que je l'ai eu sollicitée de nouveau du regard, pour recueillir sa réponse, elle a baissé les yeux. Ça ne l'avait pas empêchée d'attraper dans le frigo un morceau de fromage anciennement déplastifié dans lequel elle mordait, comme pour prendre les forces qui, face à moi, lui devenaient maintenant nécessaires. Du comté, apparemment. De l'amour, sans doute.

Elle s'est rapprochée de moi, le morceau de fromage en l'air, le regard bas, de façon que je pusse l'attirer contre moi, et je lui ai dit alors ? Elle a dit si tu veux, oui.

On s'est habillés. Anne a pris la clé de sa sœur et on est descendus sans bien savoir se tenir. Je ne trouvais pas le geste adéquat pour marcher auprès d'elle. Ça devenait simple trop vite, après des moments troubles, où j'avais été en droit de douter. Elle-même avançait sur des œufs, et je me suis dit que je devais procéder avec le plus de douceur possible, afin de ne pas l'effrayer. J'ai finalement trouvé la solution de la taille, de ma main sur sa taille, et ça n'a pas mal marché, dans l'ensemble. J'aurais pu lui prendre la main, à la rigueur, mais ç'aurait été trop, je pense, ou trop peu. Je me suis dit que ça n'engageait pas énormément, de se prendre la main, à cause de la distance que j'avais vue, parfois, entre deux qui marchaient comme ça, lointains, même si ça devenait possible, entre nous, notamment à cause du sac, qu'elle avait laissé dans l'appartement, je m'en suis aperçu avec un temps de retard. J'ai constaté dans le même mouvement qu'elle avait un autre sac, Anne, à main, justement, auquel je n'avais pas prêté attention jusque-là. Un sac à main assez classique, du reste, plutôt grand, ouvert, assez lourd aussi, m'a-t-il semblé, et je me suis dit voilà, je marche auprès d'une femme avec un sac normal, maintenant, un sac à main normal, un peu lourd, peut-être, mais pas trop, c'est là où j'en suis, c'est le chemin que j'ai fait, et elle aussi, c'est son chemin, même si on ne l'a pas fait complètement ensemble, c'est là qu'on se rejoint. Et je lui tenais la taille, donc, du côté de son sac qui battait un peu contre ma main, qu'importe, je recevais de petits coups de son sac au gré de notre marche, de petits coups de son sac un peu lourd mais pas trop, et je crois que la solution de la taille était bonne, en définitive, pour la tenir, parce que la main, posée là, ne reste pas d'elle-même, elle a besoin d'une pression, elle n'est pas réellement en appui sur la hanche. D'ailleurs la hanche c'est autre chose, justement, on ne la tient pas, on s'y appuie, alors que moi je la tenais, Anne, par là, et elle se laissait tenir, et même elle répondait à ma pression par le souffle, ça lui faisait quelque chose, que je la tienne, ça lui rappelait mon désir, et je crois bien que ça lui rappelait le sien, aussi, son désir à elle si proche de l'amour, maintenant, si proche qu'on pouvait se demander quel mot convenait, et si seulement il existait un mot, quand les corps parlent déjà à ce point, et je lui ai dit j'aime te tenir comme ça, j'adore te tenir comme ça, et elle a dit tais-toi, tais-toi, laisse-moi te rejoindre, Frank, je voudrais qu'on parle moins, maintenant, et je me suis dit pour le restaurant ça va être pratique, si on se tait, mais tant pis, je la regarderais en pensant tout haut, elle comprendra quand même.

On a choisi un restaurant un peu chic, sur la place du Marché, où on a dû attendre. J'ai déjà dit qu'Anne aimait attendre, elle a été servie. On s'est regardés, en silence, tout en buvant nos kirs, et à un moment j'ai souri parce qu'on n'entendait plus que ça, par-dessus les conversations, notre silence. J'ai souri, manière de souligner ce qu'il contenait, trop de choses, bien sûr, c'était un silence saturé, et elle n'a pas pu faire autrement que de sourire aussi, et le poisson est arrivé, on a commencé à manger. C'était la première fois qu'on déjeunait ensemble, évidemment c'était un peu tôt, ça se sentait, et en même temps on avait faim, pour une première fois ça tombait plutôt bien, on a même recommandé à boire. On était gris, tous les deux, vers la fin, et cette histoire de silence commençait à ne plus tenir, et je lui ai dit qu'est-ce que tu fais dans la vie, au juste ? et elle a répondu simplement prof, prof de lettres, et toi ? J'ai dit ça ne m'étonne pas, c'est ce que j'avais pensé, que tu étais un professeur, je t'imaginais quelque part dans une école, enfin, ai-je ajouté en souriant avec prudence, je te croyais plutôt pensionnaire, à cause de ta robe, et elle a demandé qu'est-ce qu'elle a, ma robe ? J'ai dit rien, elle fait collégienne, j'aime bien, ça ne me gêne pas du tout, mais elle fait collégienne, quand même, tu n'es pas d'accord ? Elle a répondu je ne sais pas, elle avait l'air surprise, et ça m'a touché qu'Anne pût porter une robe dans le genre collégienne sans le savoir, je me suis dit qu'elle était loin de tout contrôler, chez elle, qu'il n'y avait pas que l'amour qui lui échappait, qu'il y avait aussi de grands pans d'elle-même. On n'a pas polémiqué plus longtemps sur sa robe, parce qu'il y avait une question en suspens, entre nous, et Anne a dit alors, et toi ? Qu'est-ce que tu fais ?

C'était un peu cette question, donc, que je craignais depuis le départ, sauf que ça m'était égal, maintenant, de n'avoir rien à répondre d'intéressant là-dessus, parce que je me sentais fort de son regard sur moi, désormais, de sa gêne, de son plaisir à se trouver là, avec moi, je la sentais bien, malgré tout, et je lui ai dit oh moi ce n'est pas intéressant ça ne m'intéresse d'ailleurs pas je travaille dans le tertiaire à un poste correctement rémunéré, je travaille beaucoup par téléphone ce qui m'intéresse en fait c'est les week-ends enfin maintenant je pense que ça va être les week-ends, et les vacances, aussi, et les soirées, et je l'ai regardée, à ce moment, sur le mot soirées, c'était une perche, et elle a souri, je lui ai dit seulement tu sais que je ne lis pas beaucoup, moi, que je n'écris pas, que je suis quelqu'un dans la foule, tu le sais, alors si ça te gêne c'est maintenant que tu me le dis et je pars, je ne supporterai plus ton mépris, je ne veux pas de ton amitié, je ne supporterai que ton amour, il va falloir que tu m'aimes, c'est la condition pour que je reste.

Elle m'a écouté, et je crois qu'elle n'entendait pas tout, non, mais ma voix, oui, j'ai senti qu'elle s'accrochait à ma voix, j'ai vu qu'elle aimait ma voix, dans ces instants, et elle a dit est-ce que tu peux me parler encore ? Parce que ta dernière phrase était dure, a-t-elle souligné, ne me laisse pas sur ta dernière phrase, je voudrais que tu me parles encore, et elle m'a tendu sa main par-dessus la table et je la lui ai prise. Je lui ai dit le mieux dans ces conditions c'est peut-être qu'on parle d'autre chose, de ta sœur, par exemple, ça ne te dérange pas ? Elle a répondu non, mais je préférerais plus tard, je n'ai pas envie, là, j'ai envie d'être avec toi, je crois que je veux être avec toi, maintenant. D'accord, ai-je dit, mais je veux que tu saches d'abord que j'aime tes yeux. Enfin, ton regard. Mais même tes yeux. Je l'avais déjà vu au fond, ce regard-là, dans le train. Il ne m'était pas destiné, mais je l'ai vu et à ce moment j'ai pensé que je cherchais à rencontrer un regard comme ça depuis longtemps et maintenant que je le croise, la condition c'est aussi que tu ne le perdes pas, ce regard, et elle a dit tu en as beaucoup, des conditions comme ça ? C'est pour savoir.

J'ai répondu non, excuse-moi, il n'y a pas vraiment de conditions, ce n'est pas exactement ce que je voulais dire. Je me sentais tellement fort à ce moment-là que je n'avais même pas peur de m'excuser, j'aurais même pu ressortir ma faiblesse, derrière, et même ma crainte qu'elle ne m'aime pas, j'aurais attendu tranquillement ses protestations. J'ai réglé la note, j'ai senti qu'on devait passer à autre chose, envisager une suite, quitter le restaurant, aller ailleurs, quelque part, n'importe où ensemble, où on resterait ensemble. Ce que j'aimerais, a dit Anne, c'est qu'on ne rentre pas tout de suite.

Là encore, il y avait tout, dans cette phrase, ne pas rentrer tout de suite, c'est-à-dire rester, et rentrer, donc, rentrer ensemble, c'était juste après que je ne savais pas. Après rentrer. Et rentrer où ? A Paris, supposais-je, mais encore où ? Chez elle, chez moi ? A l'hôtel ? Enfin, elle avait dit rentrer, elle avait parlé de rentrer ou de ne pas rentrer, c'était pareil, puisque c'était ensemble, j'avais beau être sûr, maintenant, mon bonheur augmentait, ça me mettait en déséquilibre. J'ai eu besoin de distance.

Je l'ai quand même reprise par la taille, en marchant, et j'ai presque eu la sensation que c'était normal, entre nous, que je m'habituais au plaisir d'être avec elle, et elle aussi, et que c'était juste une question de temps pour s'y habituer, au fait que ça devenait une habitude, ah c'est compliqué, me suis-je dit, ça doit être comme ça quand ça devient trop simple, on recomplique forcément un peu par réflexe, à cause de l'ennui qu'on a connu avant de ne pas être dans l'amour et qui est comme une borne, comme les bords du couloir où on avance, fatalement étroit, il est très ouvert devant nous, ce couloir, mais en étendant les bras on le toucherait, c'est pour ça qu'on se tient serrés, ensemble, pour ne pas sentir les bords, parce qu'en réalité on a quand même peur, ce qui au fond est très pratique par rapport à ce problème d'habitude. C'est bien fait, non ? me disais-je, et nous nous serrions, parce qu'elle me tenait aussi, elle, elle m'attrapait la taille, avec son bras qui croisait le mien, ça me tirait un peu dans le dos, même, cette position, Anne ayant moins de prise, forcément, les hommes ne sont pas faits pareil, moins conçus pour être tenus. Et nous marchions, sans but, me semblait-il, égarés maintenant dans les ruelles, loin des commerces, dans cette ville merveilleusement faite pour l'amour, me disais-je, et j'ai pensé à acheter un dépliant, un plan de la ville, jusqu'au moment où j'ai compris qu'Anne revenait insensiblement vers le centre. J'ai supposé que dans un premier temps nous rentrions chez sa sœur, mais je ne le lui ai pas demandé, je pouvais la suivre les yeux fermés, maintenant, je ne me demandais plus où elle m'emmenait, aussi bien je l'emmenais moi, je me contentais de la suivre parce qu'elle connaissait mieux les rues, c'est tout.

Là-haut, on s'est embrassés beaucoup, puis un peu, on a senti elle et moi qu'on devait partir, ne pas rester chez cette sœur, qui n'était qu'une étape. A nouveau, c'était comme si on avait eu quelque chose à faire, tous les deux, sans qu'on sache exactement quoi, excepté qu'il s'agissait de partir, donc, ou de rentrer, d'aller là où on resterait ensemble et seuls. Anne a récupéré son sac, et on a repris la direction de la gare. Je ne savais plus trop quoi penser de ce sac, maintenant, qu'on tenait de nouveau chacun par une anse, de nouveau empêchés de se tenir, nous, mais, comme on était passés de l'autre côté, désormais, même chacun de son côté à tenir le sac, je me suis demandé si Anne ne voulait pas que je l'aide à le porter, toujours, comme une sorte de preuve tangible que je la portais elle, avec son bagage, donc, son bagage de vie que je l'aiderais à garder parce qu'elle ne s'en débarrasserait jamais. On ne se débarrasse pas de son passé, me disais-je, de son point de vue, on doit apprendre à le porter, et cette idée ne me gênait pas, je voulais bien ne pas toucher Anne le temps que je devrais tenir cette anse, je voulais bien ne pas la toucher puisque je savais qu'elle le voulait, maintenant, que je la touche, ça m'était égal d'attendre, ça m'a toujours été égal d'attendre. Du reste, nous ne marchions plus comme à l'aller, avec le sac, Anne me regardait quand je la regardais, on sentait elle et moi nos profils légèrement déviés, nos visages en attente de l'autre, une fois on s'est même cognés dans quelqu'un, on a ri, on racheté des billets.

Ç'a été pareil dans le train, on s'est tenus l'un contre l'autre, et Anne a dit qu'elle se sentait bien, avec moi, ce n'était même pas la peine, je le savais, mais enfin c'était mieux de le dire. Je lui ai répondu moi aussi, ça avait presque l'air moins fort, de mon côté, mais non. Je lui ai répété moi aussi, moi aussi, pour faire bonne mesure. Et il y a eu ce moment où on s'est trouvés tellement bien que j'ai repensé à Serge, que j'avais laissé déjeuner seul, à Paris. Et je me suis dit que c'était un manquement, du côté de l'amitié, mais que c'était normal, qu'on ne pouvait pas ménager tout le monde. Je lui en ai même parlé. Elle a paru intéressée, c'était la première fois que je lui parlais de quelqu'un, à Anne, puis elle a dit je te comprends, bien sûr, mais je préférerais qu'on parle de nous. De nous ? ai-je dit. Oui, de nous, a-t-elle repris, parce qu'à présent j'ai l'impression de moins te connaître, comment dire, ça me dépayse de t'aimer, et j'ai remarqué que pour la première fois elle employait ce mot-là, alors je lui ai dit attends, tu peux répéter ? Quoi ? a-t-elle dit. À propos de dépaysement, ai-je dit. Mais elle n'est pas repassée par le même mot, pour me répondre, enfin pas tout de suite, je crois que le mot la dépaysait, aussi, en tout cas avec moi, et j'ai dû prendre le risque de lui demander si elle m'aimait, carrément, et là j'ai pensé on va bien voir, c'était un test, si elle m'aime elle doit bien être capable de le répéter.

Or elle l'a répété. Là, je me suis permis de faire monter les enchères, je lui ai dit j'y croirai vraiment quand tu me le diras sans que j'aie à te le demander, et elle m'a répondu mais je te l'ai dit avant que tu ne le demandes, et j'ai reconnu que c'était juste. Sauf que, mais ça je ne lui en ai pas parlé, enfin, pas tout de suite, le verbe aimer c'était bien gentil qu'elle le cite, à propos du dépaysement, mais il aurait fallu aussi qu'elle le conjugue, spontanément, un jour, sans que j'aie à intervenir. Que ça lui vienne aux lèvres, et même assez souvent, parce que de ne pas le dire ça finit par s'éteindre, ou plutôt c'est déjà fini quand le mot manque, quand il n'est plus assez grand pour sortir seul, vêtu de son habit sonore, dansant d'une bouche à l'autre. Tu comprends, ai-je dit. Mais rien ne presse, ai-je ajouté, et là j'ai su que j'avais pris un gros risque, un risque énorme, celui d'avoir tout cassé avec mes mots à moi, de prudence, d'exigence, de surveillance de tout, mais j'ai pensé que je voulais le prendre, ce risque, et que ce n'était qu'à ce prix que notre histoire vaudrait quelque chose. Ça ne m'intéressait pas de la laisser venir à nous, notre histoire, vaille que vaille, c'était à elle, Anne, de l'écrire, maintenant, de travailler à la construire, parce qu'au départ je te rappelle que tu ne m'aimais absolument pas, ai-je dit, et ça, ça n'est pas très bon pour nous, Anne, nous revenons de trop loin, toi et moi. Et là j'ai vu que je l'agaçais mais surtout qu'elle avait peur, simplement peur, en dépit de l'agacement, ou plutôt que c'était sa peur qui l'agaçait, elle a senti que j'étais prêt à me lever et à la laisser seule dans ce wagon, que je serais parti au bout du monde sans elle, c'est vrai, au point où j'en étais de l'aimer et d'avoir besoin qu'elle m'aime, j'étais résolu maintenant à tout fiche en l'air, elle l'a senti. Alors elle m'a serré le bras et j'ai dit ne t'inquiète pas, je ne te parlerai plus jamais de ça, plus jamais comme ça, tout s'arrangera, tu verras, ça va aller. Elle a posé sa tête sur mon épaule. Je la lui ai relevée, doucement. On arrivait à Saint-Lazare.

On s'est retrouvés sur le quai, avec le sac, et j'ai eu l'impression que je ne l'avais jamais touchée, cette femme, et qu'elle était devenue la mienne, pourtant. C'était comme si je l'avais accompagnée, la veille, en la laissant sur le quai, et que j'eusse attendue, et qu'en mon absence, au gré de son voyage, l'amour eût mûri en elle jusqu'au besoin de me revenir. Je nous sentais vierges, mais réunis, surtout, prêts l'un à l'autre.

On a pris un taxi, avec le sac dans le coffre, c'est moi qui l'ai proposé. Elle, elle voulait entrer dans le métro, je lui ai dit non, on peut se faire aider, on ne va pas le porter exprès, ce sac, et comme ça je te prendrai la main.

Elle a donné une adresse sur la rive gauche, je me suis dit qu'après avoir longé la Seine on ne la passerait plus, qu'on resterait de ce côté-là des choses. On s'est arrêtés vers Monge, il était aux environs de six heures, c'était un soir de printemps à Paris, un temps doux, avec l'envie que ça donne d'être dehors, ou encore de rentrer chez soi avec une femme, qu'on aime de préférence, et celle-là, justement, je préférais l'aimer, et je l'aimais, et elle m'aimait, c'était évidemment trop beau ou plutôt non, c'était bien, comme quand on boit et que s'installe l'ivresse, et elle m'a dit qu'est-ce qu'on va faire ? J'hésite. Tu veux que je te laisse là ? ai-je dit. Que je te rappelle ? J'avais dit rappeler comme ça, par erreur, puisque je ne l'avais jamais appelée, en fait, je lui avais seulement fait l'amour, et elle s'en est rendu compte en même temps que moi, on a souri, mais je n'ai rien corrigé, j'ai dit moi ça m'est égal, maintenant, je peux bien te laisser et je te rappelle, ou même toi, ai-je dit, tu me rappelles, et j'ai bien insisté sur le *reu*, et elle m'a dit non, viens, monte, j'ai envie que tu montes. Alors on a pris le sac, on est entrés dans un immeuble, Anne a appelé un ascenseur. La porte a glissé, j'ai préféré prendre le sac seul, c'était plus pratique pour passer. Anne a fait jouer une petite clé avant d'appuyer sur un bouton, je n'ai pas vu lequel. On s'est élevés dans les étages, et j'étais face à elle, le sac au bout du bras, je me suis demandé si j'avais le temps de le poser, si ça valait la peine. Dans le doute, j'ai préféré le garder. Et je me suis senti las, tout à coup, las et lourd, avec ce sac au bout du bras, qui pesait, tandis qu'Anne me souriait d'un sourire qui était comme une caresse, et que, alors même que nous montions, je m'y abandonnais avec cette autre sensation que je basculais, que ma vie basculait, doucement mais vite, comme on tombe en rêve en même temps que le sol, uni au monde qu'on emporte avec soi, dans la pleine acceptation du vertige.

CET OUVRAGE A ÉTÉ ACHEVÉ D'IMPRIMER LE PREMIER MARS DEUX MILLE DEUX DANS LES ATELIERS DE NORMANDIE ROTO IMPRESSION S.A.
À LONRAI (61250) (FRANCE)
N° D'ÉDITEUR : 3667
N° D'IMPRIMEUR : 013086

Dépôt légal : avril 2002